buna yürek dayanmaz
aysel

HALİT ERTUĞRUL

buna yürek dayanmaz

aysel HALİT ERTUĞRUL

Yayın Yönetmeni: Dr. Veli Sırım
Editör: Sırrı Er
Sayfa Düzeni: Ahmet Ay
Kapak: Mesut Sarı
ISBN: 978-975-8499-69-4
Baskı Tarihi: Ağustos 2010
Baskı Cilt: Nesil Matbaacılık
Beymer San. Sit. 2. Cad. No: 23
Yakuplu-Beylikdüzü / İstanbul
Tel: (0212) 876 38 68 pbx

Sanayi Cad. Bilge Sok. No: 2 Yenibosna
34196 Bahçelievler / İstanbul
Tel: 0212 551 32 25 www.nesilyayinlari.com
Faks: 0212 551 26 59 nesil@nesilyayinlari.com

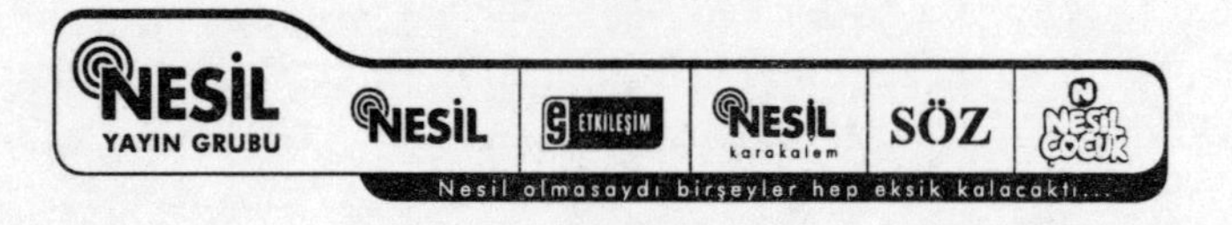

buna yürek dayanmaz
aysel

HALİT ERTUĞRUL

HALİT ERTUĞRUL

e-mail: halitertugrul1956@gmail.com www.halitertugrul.com

Eğitimci-yazar Dr. Halit Ertuğrul, Adıyaman'ın Besni ilçesinin Şambayat Nahiyesinde dünyaya geldi. İlkokulu doğduğu yerde, ortaokul ve öğretmen okulunu da Kırşehir'de okudu. Niğde Eğitim Enstitüsü ve Gazi Eğitim Fakültesi Eğitim Bilimleri Bölümü'nü bitirdi. Cumhuriyet Üniversitesi, Kamu Yönetimi, Yönetim Bilimleri Bölümü'nde YÜKSEK LİSANS; Sakarya Üniversitesi, Sosyoloji Bölümü'nde de DOKTORA yaptı. Çalışmalarını aile ve gençlik problemleri konusunda yoğunlaştırdı. Yurdun çeşitli yerlerinde ilkokul öğretmenliği, okul müdürlüğü, Millî Eğitim Şube Müdürlüğü ve Millî Eğitim Müdürlüğü görevlerinde bulundu.

Millî Eğitim Bakanlığı merkez teşkilâtına geçerek, Kurul Uzmanı ve Bakan Danışmanı olarak çalıştı. Akademik çalışmalarını tamamlayan Dr. Halit Ertuğrul, çeşitli üniversitelerde yöneticilik ve öğretim üyeliği yaptı. Yurtiçi ve yurtdışında çeşitli bilimsel ve kültürel faaliyetlere katılan Dr. Halit ERTUĞRUL, eğitim ve kültür alanında elliden fazla kitapları ve çok sayıda da makale ve yazıları yayınlandı. Kitapları çok sayıda ödül aldı ve çeşitli dillere çevrildi. Kitaplarının bazıları, Milli Eğitim Bakanlığı ve Emniyet Genel Müdürlüğü tarafından tavsiye edildi. Yayınlanan kitaplarından *Kendini Arayan Adam, Düzceli Mehmet, Aysel* ve *Ateşte Yeşerdim* gibi bir çok eserleri baskı rekorları kırdı. Bundan dolayı da YILIN YAZARI seçildi. Aile ve gençlik sorunları konusunda uzman olan Dr. Halit Ertuğrul, bu hususlarla ilgili yüzlerce konferanslar verdi. Bugüne kadar yaptığı çalışmalardan dolayı, çok sayıda ödül alan Dr. Halit Ertuğrul, ayrıca YILIN ÖĞRETMENİ de seçildi.

Eğitimci-yazar Dr. Halit Ertuğrul evli ve iki çocuk babasıdır.

YAYINLANAN KİTAPLARI

- Kendini Arayan Adam
- Kendimi Buldum
- Düzceli Mehmet
- Aysel
- Aşk Böyle Yaşanır
- Yeni Bir Hayat
- Dünyayı Ağlatanlar
- Uçurumdan Dönüş
- Gençlik Mektupları
- Adım Adım Evlilik
- Aile ve Okulda Çocuk Eğitimi
- Kültürümüzü Etkileyen Okullar
- Dünyama Bahar Geldi
- Eğitimde Bediüzzaman Modeli
- Kendimizi Nasıl Yetiştirelim
- Öğrencinin Başarı Kılavuzu
- Öğretmenin Başarı Kılavuzu
- Siz Kimsiniz?
- Çocuğumu Bana Verin
- Selim ve Hande
- Kitap Okumada Yeni Teknikler
- Bilimsel Çalışmada Yeni Teknikler
- Canan
- Emre
- Okuyuculardan İbretli Mektuplar
- Günümüzden Hizmet Öyküleri
- Öğretmenlerden Hizmet Öyküleri
- Aradığını Bulan Kadın
- Gizemli Davet
- Üniversite Sınavını Nasıl Kazandım?
- Gençlik Sorunları ve Çözümleri
- Şark Kızı
- Son Umut
- Herkesin Öğretmeni Hz. Muhammed (a.s.m.)
- Said Nursi'nin Destanlaşan Hizmeti
- Ezanla Diriliş
- Ateşte Yeşerdim
- 21 Adımda Hedef 12
- Sevda
- Her Yönüyle Örnek Öğretmen
- Anne Baba Notunuz Kaç?
- Secdede Son Nefes
- Ateşte Açan Çiçekler
- Vasiyet

ÖNSÖZ

KİTAPLARIMIZI OKUYARAK istifade edenlerden çok sayıda mektup, telefon ve mesaj almaktayım. Bunlar; genellikle hem kitaplarımızla ilgili yorumlarını hem de yaşadıkları ibretli olayları paylaşmaktadırlar.

Her gün ulaşan bu tür mektupların ve mesajların içinde; müthiş gerçekler, gizemli olaylar, ibretli hayat öyküleri ve yürekleri sızlatan hadiseler yer almaktadır.

Kitaplarımızdan istifade ederek kendilerini sorgulayan ve yeni bir hayata "merhaba" diyenlerin sayısı da bizleri yüreklendirmeye devam etmektedir. Bu insanların, yanlış bir yaşamdan kurtularak, hayatın gerçekleriyle yüzleşmeleri, bir baba ve bir eğitimci olarak önce beni mutlu etmektedir. Öyle ki, her bir mektup benim için bir belge, bir kitap, bir şahit ve bir yol haritası olmaktadır.

İşte, elinizdeki *Aysel* isimli kitap da böyle ibretli ve esrarengiz bir mektuptan oluşmaktadır.

Söz konusu bu mektup "ölüm döşeğinde" yazılmıştır. Psikolojisi bozulmuş, ağır bir rahatsızlık içinde, zihni darmadağın bir hastanın kaleminden çıkması nedeniyle; kelimeleri, cümleleri ve ifadeleri yer yer düzeltip kitap üslubuna yaklaştırmak zorunda kaldık; ama asla, aslına dokunmadık, fazladan bir şey ilave etmedik.

Mektupta yer alan kişilerin isimlerini değiştirerek kullandık. Bazı sert ve edebe aykırı ifadeleri de yumuşatmak zorunda kaldık.

İnsan ilişkilerini, gençlik problemlerini, toplumsal yozlaşmayı sorgulayan bu kitap, intihar etmek üzere olan genç bir kızın dayanılmaz dramını anlatmaktadır. Bu dram içinde yer alan ibretli ve çarpıcı örneklerin başka gençlerin de aynı hatalara düşmemeleri ve hatalardan ders çıkarmaları için yayına hazırlanmıştır. Bu sebeple eser, bir edebiyat kaygısıyla şaheser olma iddiası içinde yazılmamıştır.

Gerçek bir hayatı anlatan bu kitap, bir anılar bütünüdür ve didaktik bir çalışmadır. Bu bakımdan hikâye yahut roman türünün edebî kıstaslarıyla değerlendirilmemelidir.

Ayrıca kitabın genel anlamdaki hedef kitlesi, toplumun tüm katmanlarıdır. Bunun için de anlaşılır ve sade bir üslup kullanılmış, cümleler kısa tutulmuştur.

Yüreklerin dayanamadığı bu duygu seli için, buyurun...

Faydalı olması dileğiyle...

Halit ERTUĞRUL

AĞLATAN MEKTUP MASAMDA

RAMAZAN AYIYDI. Odamın sessizliğini hıçkırıklarım bölüyordu. Saatlerdir masanın başında gözyaşı döküyordum. Önümde duran uzun bir mektubun her kelimesi âdeta bir kor olmuş, içimi yakıyor, yüreğimi dağlıyordu. Bu dayanılmaz hayat gerçeği, bütün dünyamı altüst etmişti.

Bana, okuyucularımdan her gün sayısız mektuplar gelirdi. Her bir mektup ayrı bir hüznün, ayrı bir problemin ve ayrı bir sevincin habercisi olurdu. Bazısından yardım ve imdat sesleri yükselir, bazısından tatlı bir müjde paylaşılır, bazısından da sıkıntılarına çözüm istenirdi.

Ama bu mektup diğerlerinden farklıydı. Her harfi gözyaşlarıyla, feryatla ve acıyla bezenmişti. Öylesine ibretli ve öylesine elem doluydu ki; "Bir insanın bunca çileyi nasıl yaşayabildiğinin" şaşkınlığı içindeydim. Sanki bu mektubun sahibine yüzlerce kasap hücum etmiş, ellerindeki keskin bıçaklarla işkence yapıyorlardı.

Topyekûn insanların, ailelerin, eğitimcilerin; özellikle de yöneticilerin sorguladığı mektubu bitirdiğimde; dayanamadım, bir çocuk gibi ağlamaya başladım.

Hıçkırıklarımı duyan eşim yanıma geldi. Önümdeki mektupları görünce:

– Yine mi onlar, diye sordu.

– Evet, dedim; ama bu seferki çok farklı...

Artık hanım da alışmıştı. Gelen mektuplar bizim dert ortağımızdı. Eğer mektuplar hüzün ve elem doluysa birlikte gözyaşı döker; eğer müjde varsa birlikte sevinir, mutlu olurduk.

Mektupta; "yanlış seçeneklerim yüzünden, hayattaki bütün çarelerimi tükettim, bir tek yolum kaldı, o da ömrümün bir an önce bitmesini beklemek" diyordu. "Kendimi bütün ümidini yitirmiş biri, günahkâr bir fazlalık olarak görüyorum. Kurtulmak için aylardır hasretle o sonu bekliyorum. Benim için yaşanacak ve görecek başka bir şey kalmadığına göre gel artık ölüm, yalvarıyorum, gel!"

Kulluk bilincini ve varlık sebebini çoktan kaybeden mektup sahibi, satırlarına bu şekilde başlıyordu, ama mektubu hayret verici bir şekilde noktalanıyordu. Bu, öyle bir bitişti ki bütün dünyamızı altüst etmişti. Bunun şokundan bir türlü kendimize gelememiştik.

Hayatı çilelerle örülmüş bir genç kızın, ölüm döşeğindeki iç parçalayan çırpınışlarını konu eden dayanılmaz bir mektuptu bu...

MEKTUBUN İBRET DOLU GİRİŞİ

SAYIN HALİT ERTUĞRUL Bey;
Saçma sapan bir şekilde yazdığım bu mektubu hoş görün. Çünkü bu satırları ölüm döşeğinde karalıyorum. Son anlarını yaşayan bir insanın ne kadar acı içinde, ne derece dengesiz olabileceğini bilirsiniz. Bunun içindir ki kelimelerim yamuk yumuk, ifadelerim eğri büğrü... Zaten bu mektubu ben bir edebiyat şaheseri olsun diye yazmıyorum. Bunu yazmamdaki amaç, insanların kendilerini sorgulamasına vesile olmaktır. Mağdur ve çaresiz kimseleri gördüklerinde sahip çıksınlar, onlara adam gibi davransınlar...

Ben çok çektim; maalesef yolun sonuna geldim. Bütün temizliğimi, dürüstlüğümü; ne kadar saf ve pak duygum varsa hepsini bir bir yitirdim. Artık kendimden ve dokunduğum her şeyden utanıyorum. Bu hayatı kimse yaşamasın; benim acılarımı başkalarının da çekmesini istemiyorum. Sesimi herkes duysun, benim yanlışlarımı kimse tekrarlamasın diye, bu mektubu kaleme alıyorum.

Niçin mi bu mektubu başkasına değil de size yazıyorum? Kelimeleri yan yana getirip anlamlı bir cümle oluşturabilirsem, ifade etmeye çalışacağım düşüncelerimi...

Geçen hafta, ölüm döşeğinde yatan biri olarak son bir hamle yapıp ölmeden önce kendimi dışarı attım, şu dünyanın ihanetkâr insanlarıyla yüzleşmek istedim. Onlar beni duymasalar da ben onlara öfkemi, kinimi kusarak, bu şekilde biraz olsun rahatlamayı denedim. Çünkü onlar benim her şeyimi aldılar. En azından ölmeden önce onlardan küçük bir intikam alayım da son bir teselli bulayım, dedim.

Bu duygu ve düşüncelerle hastaneden kaçtım; ama bitmiş, tükenmiş, artık gün sayan bu vücutla nereye... Tabii ki hayat enerjisi bitmiş biri olarak ancak iki adım atabildim.

Yürümek mi? Ne mümkün? Geçti o günler... Yalnızca hastanenin önüne çıkabildim. Sağa sola baktım; yüzlerinde insanlık okunmayan insanlara nefretimi kustum. Sonra da bir büfenin yanına çömeliverdim, sırtımı duvara dayayarak...

"Ey insanlar!" dedim, kendi sesimi zor duyacak şekilde. "Kendinize dikkat edin, bu insanlara aldanmayın. Neyiniz varsa alırlar, hiç acımazlar. Hele 'ar', 'namus', 'kişilik', 'onur' gibi değerlerinizi çalarlarsa her şeyiniz biter; siz de bitmiş olursunuz. Geriye bir para kalır ki paranızın yapacağı tek iyilik, hap bulmanızı sağlamak veya ölümünüz için kefen almanızı kolaylaştırmaktır."

Kararmış dünyamla hesaplaşırken büfenin önündeki iki kitap dikkatimi çekti: *Kendini Arayan Adam*, *Kendimi Buldum*... Parayı unutalı çok olduğu için nasıl satın alınacağımı da düşünmedim.

Gittim, *Kendimi Buldum* kitabını aldım. Büfeci ise hâlime acımış veya beş parasız bir insan olduğumu anlamış olacak ki kitabın parasını istemedi. Şu işe bakın ki tükenmek üzere olan ömrün içinde, ilk defa karşılıksız bir iyilik görüyordum. Hayret! Bu toplumda böyle insanlar da var demek ki! Ey şansım, şimdi ne demeliyim sana... Bu iyiliği hayatın başında yakalasaydım da ömrümü cehenneme çevirmeseydim, ne olurdu, sanki? Her şey bittikten sonra önüme çıkan iyilik... Acaba bunun bir anlamı mı vardı?

Niçin bu kitabı aldım, bilmiyorum. Ölümle pençeleşen bir

insan kitabı ne yapar, onu da bilmiyorum. Belki de kendini kaybetmiş bir insan olarak hâlâ gizli bir kurtuluş peşinde olduğum içindir. Belki bunca acıya rağmen dünyadan vazgeçmek istemeyen bazı duygularım vardır. Belki...

Hastaneye döndüm. Yine doktorlardan fırça üstüne fırça:

"Kendine bakmıyorsun, elimizde kalacaksın, ölüp gideceksin..."

Nerede o günler. Ah! Bir ölebilsem! Meğer ölebilmek de bir şansmış, bir iyilikmiş.

Hem uyuşturucu tedavisi görüyorum hem de kanser. Her ne kadar onlar benden kanser olduğumu saklıyorlarsa da ben aldığım ilaçlardan dolayı anlıyorum. Olsun, yazık değil, zaten hayattaki yanlışlarım beni ölüm uçurumuna getirmedi mi? Ha bugün ha yarın, ne fark eder?

Ağrı kesiciler vücudumu uyuşturunca kitabı elime aldım, göz gezdirmeye başladım. Kitap okumayalı ne kadar olmuştu, yazıklar olsun bana. Hâlbuki önemli bir kişi olacaktım. Hem kendimi, hem dostlarımı, hem de ülkemi kurtaracaktım. Yuh olsun, şu üst üste yaptığım hatalara ve affedilmez yanlışlarıma. Şimdi hayallere dalmanın sırası değil; zaten buna gücüm de yok.

Neyse bunları geçiyorum...

Kendimi Buldum adlı kitabı karıştırırken size yazılan birçok mektup olduğunu gördüm. Önemli bir şahıs olduğunuz belliydi. Sizden yardım isteyenler, problemlerini anlatanlar... Tabii bana ilginç geldi; yardım isteyene, yardım eden var mı bu dünyada? Demek ki varmış da ben başka dünyalarda yaşadığım için bunu fark edememişim.

Kitaptaki konular çok ilginçti. Öyle derinlemesine değil tabii; ama birazını okudum. Zaten zihnimi toplayıp tam olarak, kendimi veremedim. Olayların altında binlerce kez ezilen, bunalan; hatta çıldıran bu kafa, artık ince ve anlamlı şeylere dayanamıyor.

Kitapta, benim gibi kansere yakalanmış olan bir hastanın mektubu dikkatimi çekti. Öğrenciniz *Eren Tuncer...* Doğrusu hayatımda okuduğum en ciddi yazı buydu. İlk kez bir yazıdan bu kadar etkilendim; hatta hayat suyu bitmiş ve ümidi tükenmiş ruhumda bir şeyleri yerinden oynattı, tatlı bir kıpırdama oluşturdu. Fakat benim dünyam o kadar karanlık, o derece acılarla duyarsız bir hâlde idi ki bu tatlı esinti bir ışık gibi yandı, söndü.

Size yazılan mektuplardan cesaret alarak temizlikçi hanımdan rica ettim. Bana bir tomar kâğıt getirdi, bir de kalem. Ben de başımdan geçen ve beni ölümün soğuk dokunuşlarıyla baş başa bırakan o dram ve elem dolu anılarımı yazmaya karar verdim. Belki de kitaplarınıza ibret için koyarsınız da benim hatalarımdan ders çıkaranlar olur. Masum ve kimsesizlerin kanına, hayatına giren sahte yüzlü insanlardan uzak durmayı öğrenirler. En azından öyle ümit ediyorum. Bunu yapmak bir iyilik mi yoksa bir rahatlama mı bilmiyorum. Bildiğim tek şey var ki o da bütün ömrümü kuşatan kanser illetinin beni bu dünyadan hızla alıp götüreceğidir.

Eğer bu mektubu bitirirsem ve size göndermeye ömrüm yeterse çok da iyi bir iş yaptım diyemem; ama benim hayatımı karartanların, yanlış üstüne yanlış yaptıranların gerçek yüzlerini deşifre etmekle bir nevi intikam almış olurum.

BİRİNCİ BÖLÜM

ACI DOLU YILLARIM

Bölümün Özeti

Bütün aile fertlerimi bir bir kaybetmiştim. Felaket üstüne felaket yaşamış, dünyada yapayalnız kalmıştım. Bana sevgi sunacak ve destek olacak tek bir yakınım yoktu.

Çocuk dünyamın tek tesellisi, hiçbir gün durmayan gözyaşlarımdı. Ve hayatın dayanılmaz acıları pusuya yatmış beni bekliyordu.

ANNEMİ HİÇ GÖRMEDİM; BABAM İSE ÇOK İÇERDİ

Bu saçma sapan mektubu okumaya sabır göstereceğiniz ümidiyle, kendimi tanıtmak istiyorum; başından kaybettiğim bu hayat yarışını, çocukluğumu anlatarak kaleme alacağım. Aslında o günlere hiç dönmek istemiyorum. Çünkü bugünkü bitmeyen acılarımın tohumları, o günlerde ekildi. Hayalen bile olsa o kahrolası dönemi hatırladıkça tarifsiz bir elem duyuyorum. Her yılı, her ayı, her günü; hatta her saniyesi çile, ıstırap ve nefret dolu. Hepsinden de önemlisi, dayanılmaz bir umutsuzluk ve bitmeyen bir gözyaşı tufanı…

DÖRT KİŞİLİK bir aileydik. Baba, anne, bir yaş büyük erkek kardeşim ve bahtsız ben...

Annemi hiç göremedim, ona asla dokunamadım, anne şefkatini içime çekemedim. Bunun için de hep anne açlığıyla kıvrandım, durdum. Galiba en büyük şansızlığım, annemi tanıyamamam ve onunla birlikte bu hayatı paylaşamamamdı. Bunca kötülük ve çile dolu ömrümde, annem yanımda olsaydı kim bilir belki de bu lanet olası hayatın pisliklerine bulaşmazdım. Yüreğimi yakanlar, kalbimi sökenler ve beni hayatın acımasız tuzaklarına çekenler karşıma çıktığında, anne gibi dünyanın en iyi korumasını kendime kalkan yapar, onun bütün şefkatini ve sevecenliğini yanımda bulundururdum. Asla annem, beni, onların insafsızlığına terk etmezdi. Belki de bugün hastane köşesinde yapayalnız kalmazdım, mutlu bir yuvam, çocuklarım ve eşim olurdu.

Bu huzur tablosunu çok özledim, çok hayal ettim; ama bir türlü gerçekleşmedi, olmadı. Çünkü annem beni dünyaya getirdiğinde, kan kaybından ölmüş. Ben ise malum...

Malum, diyorum; nedeni çok açık. Yeni doğan bir bebek, annesiz bir evde, fakir, yoksul bir yuvada, hasta bir babanın elinde... Gerisini siz düşünün...

Anne özlemi, ömür boyu aklımdan hiç çıkmadı. Benim en büyük hasretim; sevgi açlığı, ilgi eksikliği ve beni adam yerine koyacak bir yürekti; ama boşa bekledim.

Keşke annem olsaydı da yanlış yaptığımda saçlarımdan tutsaydı, beni yerden yere sürüseydi, odaya kapatsaydı babama dövdürseydi. Hiç değilse, bu şekilde beni insafsızların eline düşürmezdi. Ne güzel olurdu, ne güzel! Belki bunca azardan ve dayaktan sonra beni dizine yatırır, saçlarımı okşar, yanaklarıma öpücükler kondurur, başımı o sımsıcak, şefkat dolu kucağına basardı. Ben de onca yediğim dayakları unutur, çocuk olmanın büyüsüne kapılarak doyasıya şımarırdım.

Ah, annem ah!.. Beni neden bırakıp gittin? Sensiz, bu bahtsız kızın, çok hatalar yaptı, herkesi kendisi gibi iyi niyetli zannetti. Dost yüzlü; ama art niyetli insanların ihanetine uğradı. Sen olsaydın kılına bile dokundurmazdın.

Anne sevgisi, anne özlemi içimi öylesine yaktı ki bu tarifsiz hasret ve bu amansız duygu, bütün sevdaları, bütün aşkları çok gerilerde bıraktı. Dilimin, dudağımın, nefesimin ve yüreğimin bu sevdayı dile getirmekte aciz kaldığı zamanlarda, anne şiirlerine sarıldım. Her anne şiirinde, anneme olan açlığımı gidermeye çalıştım. Çocukluk günlerinden beri nerede bir anne şiirine rastlasam bir anne hatırası, bir anne emaneti gibi o şiiri ya saklardım ya da ezberlerdim. Belki de hayatımda yaptığım tek, iyi iş, anne şiirlerini biriktirmek ve kendimi bununla avutmaktı.

Topladığım anne şiirleri, ne zaman zorda kalsam, ne zaman hüzünlensem, ne zaman bir dost, bir sırdaş arasam kendi kendime mırıldanır, hem okur hem de ağlardım.

Tut elimden yine okşa saçımı,
Ben hâlâ çocuğum; dert, büyük ana.
Karanlık tepeler yuttu içimi,
Kaybolduğum yolda, sırt büyük ana.

Tepelerde küheylanlar kişniyor.
Bir kavga ki bitti derken başlıyor.
Yüreğimde mızrak ucu işliyor,
Yara küçük, amma kurt, büyük ana.

(Mehmet Emin Yurdakul)

Annem ölünce yeni doğmuş ben, bir yaşındaki erkek kardeşim ve akciğer hastalığından dolayı gün sayan ümitsiz babam... Birisinde hayvanların yattığı, iki odalı evde, dayanılmaz acımızla baş başa kalmıştık.

Bir müddet "Yazıktır, yardım edelim" diyenler çıkmış, biz gariban çocuklara; ama sonuçta el işte, akraba değil ki candan, gönülden olsun. Annem öksüz, yetim büyüyen bir kadın olduğu için hiç yakını, akrabası olmamış. Babamın yakınları olan amcam ve halam da gereken ilgiyi göstermemiş. Zaten amcam felçliydi. Çok yaşamadı. Halamın da sürekli sarhoş gezen bir kocası vardı. Her gün dayak, küfür, tam bir savaş meydanını andırıyordu aile ortamları.

Ah hayat, hiç mi gülmezsin sen bize, hiç mi?

Anlayacağınız, üstesinden gelemeyeceğimiz kadar ağır hayat şartları içinde, âdeta ölüme terk edilmiştik.

Babam, fazla direnemedi, yokluğa, fakirliğe ve acıya; sonunda iflas eden akciğer ve pes eden elem dolu bir hayat... Kötü arkadaşın, yanlış çevrenin ve zararlı dostların kurbanı oldu, zavallı babam. Genç yaşta yaptığı hatalar, aşırı derecede sigara tiryakiliği ve aldığı alkol, ömrünün en verimli çağında, alıp götürdü onu.

Babamın akciğer hastalığının ne olduğunu tam öğrenememiştim. İçki, sigara olduğuna göre, ya kanser ya da veremdi. Yakın akrabaların da görüşü böyleydi. Zavallı babam hiç doktora gitme imkânı da bulamamıştı. Göz göre göre veda etti hayata, tıpkı benim gibi. Babam kendine bakmaz, vurdumduymaz bir insandı. İleriyi düşünmez bir yapısı vardı. Kazandığını içki masalarında tükettiği için çok yoksul ve fakir bir aile olmuştuk; ama annem öyle değilmiş, çok temiz ve tertipli bir kadınmış, ibadetlerini asla aksatmazmış. Evde sürekli Kur'an ve Kur'an tefsiri okurmuş. Yani o köy yerinin imkânlarına göre, aydın ve bilinçli bir kadınmış.

Annemin dindar olduğunu öğrendikten sonra en ateşli ateistlik dönemimde bile annemin hatırı için dindar insanlara kızamıyordum. Onları aşağılayamıyordum. Belki de annem olsaydı bu fanatik fikirlerim, ateist görüşlerim ve inançsız dünyam oluşmayacaktı.

Doğrusu bu ateist ve materyalist hayatımdan da memnun olduğumu söyleyemem. Dindar bir insan olsaydım mutlu olabilir miydim, bilemiyorum. Artık bu saatten sonra faydası da olsa çok geç... Ben artık umutlarını tümüyle tüketmiş bir insan olarak ölümü bekliyorum. Çok acı; ama gerçek bu.

Korkuyor muyum ölümden, bilmiyorum; ama korkmadığımı iddia edip güya cesur olduğumu göstermek istiyorum. Yani kimseyi kandıramadığım bu dünyada, kendi kendimi kandırıyorum.

Ne acı ki artık ölümün soğuk dokunuşları çok yakın bana. Şu kapıyı bir gün ölümün açacağına inanıyorum hem de çok yakında. Doğrusu ölmek çok ürkütücü... Bunca çekilmez hayata rağmen adım adım ilerliyorum artık... Çünkü yaşama dair bütün ümitlerimin hastane odalarında bittiğini açık açık görüyorum. Öyleyse kanser ne olur, bir iyilik et de ölümü bekleme acısını fazla çektirme bana. Bari bu son iyiliğin olsun.

Yine konudan koptum değil mi? Farkındayım. Ben bu kafayla daha çok koparım, bu mektubu bitirene kadar... Özür dilerim hocam. Kendime hâkim değilim. Kafamdaki binlerce bilmece içinde bir futbol topu gibi yuvarlanıyorum. Bunu, yazımın berbatlığından anlamış olmalısınız.

BÜTÜN GENÇ KIZLARA SESLENİYORUM

EĞER FERYADIMI duysalar bütün genç kızlara seslenmek isterim:

Beni duyun, bana inanın da ailenize, özellikle de annenize tutunun. Onların bazen sert, kaba yaklaşımlarına; hatta sizi küstüren, üzen davranışlarına rağmen onlara sarılın hem de sımsıkı.

Unutmayın, asla unutmayın! En sevgisiz anne, en iyi yabancıdan daha merhametli, daha şefkatlidir. En kötü aile, en lüks (...) yerlerden daha emniyetlidir. Hiç değilse, canınız ve namusunuz emin ellerdedir. Yoksa o göz alıcı renkli ışıklara, akılları baştan alan, o sahte dünyalara verilen sayısız kurbanlardan birisi de siz olursunuz.

"Mutluluk ve özgürlük arıyorum" diye ailenizi terk ederseniz en büyük mutluluğu ve en yüce özgürlüğü kaybedip insana bir et gözüyle bakanların merhametine terk edilirsiniz. Çünkü dünyaya menfaat ve para gözlüğünden bakanlar, insanları da hiç acımadan parayla ölçerler. O yapmacık sevgi ve sanal dünyanın gerisinde dökülen gözyaşları, yıkılan ümitleri görmenize gerek yoktur. Çünkü onların en çarpıcı şahidi benim. Gelin de bana sorun, o sahte yüzlerin ve yapmacık ilginin insana neler kaybettirdiğini.

Yine dağıttım,, özür dilerim hocam... Elimde değil. Kendimi bir noktaya odaklayamıyorum. Gencecik yaşımda hayatım gibi beynim de darmadağın.

Kaldığım yerden devam edeyim...

İKİ FARKLI DOKTOR

ŞU AN HEMŞİRE hanım bir sürü tetkik ve tahlil için odamda, başucumda bekliyor. Bu her gün tekrarlanan bir tören benim için. Şu işe bakın ki onlar beni kurtarmak için çalışırken ben kurtarılmaktan korkuyorum. Yaşamak istemeyen bir insanı kurtarmak kadar, ona başka bir kötülük düşünülebilir mi?

Niçin bu doktor ve hemşireler bu kadar soğuk ve sevgisiz? İnsana hiç değer verdikleri yok. Bir şey söylemek istiyorsun, sözü ağzına tıkıyorlar. Yoksa iyileri var da bana mı denk gelmiyorlar?

Galiba bilim adamı olmak ayrı, adam olmak ayrı... Okullarımız bilim adamı yetiştiriyor, ama adam yetiştirmiyor. Tabii ki hepsine haksızlık etmiyorum. Arada çıkıyor bazıları, ama nedense ben görmedim. Haksız mıyım hocam?

Bugüne kadar, kimseyle paylaşamadığım iki farklı doklarla olan anımı yazmak istiyorum, bu konuyla ilgili; sonra da mektuba bir müddet ara vereceğim.

Birinci doktor kötü bir örnek:

Uyuşturucu yüzünden tedavi görmem gerekiyordu. Alkolü de çok aldığım için karaciğerden bazı rahatsızlıklarım başlamıştı. Bunlar için tedavi olmaya karar vermiştim.

Okulda bir hocamın yardımıyla bir kliniğe yattım; ama ne

yazık ki beni tedavi eden doktorlardan birisi kafayı takmıştı bana. Doğrusunu söylemek gerekirse hayatta yaşadığım yanlışlar, bende de güzel ve temiz duygular bırakmamıştı. Fakat Hipokrat yemini etmiş bir doktorun, zor durumda kalan hastasına karşı, böyle çirkince yaklaşmasını asla kabul edemezdim.

Güya benimle evlenmek ve beni mutlu etmek istiyordu. Hem de bir uyuşturucu bağımlısı ve bir karaciğer hastasıyla... Buna kim inanır? Bu yalanları çok duyduk. Bu aldatmalar yüzünden değil mi, gençliğimin en güzel yılları acı ve drama dönüştü.

Doktor beni rahatsız etmeye devam edince şikâyet ettim; ama bana inanmadılar. Fakat bir gün çaresiz kaldım, yakamı bıraksın diye bağırıp çağırdım. Duyanlar koşup geldiler. Doktor olayın vahametini anlayınca kendini temize çıkarmak için bir taraftan beni tokatlıyor, bir taraftan da mağduriyete kendisi uğramış gibi bağırıyordu:

"Bu kız kudurmuş, aklını kaçırmış, kurtarın beni bunun elinden, benim gibi onurlu bir insanı zan altında bırakmak istiyor."

Düşünebiliyor musunuz? Hangi bayan hasta, kendini tedavi eden bir doktora böyle bir şey yapabilir? Bunu hangi akıl, hangi mantık kabul eder?

Derdini kime anlatacaksın? Mağdur olan ben, iki gün sonra kapı dışarı edildim. Sonra bana, tedavim için destek olan hocam da yüz vermedi. Ona benimle ilgili çok kötü şeyler anlatmış olacaklar, herhâlde...

Hastaların acılarını dindirmek ve onlara şefkatli desteklerini sunmak için devletten maaş alan bir insanın bu yaklaşımını bir türlü içime sindirememiştim. Benim en büyük hatam ise insanları kendim gibi görme saflığı içinde olmamdı. Her söze aldanmak ve yapmacık davranışın arkasına gizlenen art niyeti görememek, işte hayatımın en büyük yanlışı buydu.

Bu konuyu Sağlık Bakanlığı'na yazdım; ama bir sonuç alamadım. Sonuç ne oldu bilmiyorum.

İkincisi anım ise iyi bir örnekti.

Yine karaciğer hastalığından dolayı, hastanedeyim. Bir otel yöneticisinin yardımıyla tedavi görüyordum. Herkesten saygı ve hürmet gören, servisin genç ve olgun asistanının beni fark etmesini istiyorum, ama o hiç oralı olmuyor; ama ben hayalen de olsa tozpembe düşüncelere dalıyorum ve onunla ümitsiz bir gelecek düşlüyordum. Asistan o kadar beyefendi ve o kadar ciddi bir insan ki düşüncelerimi ona açmak ne mümkün! Doğrusu ona olan duygularım sıradan bir aşk falan değildi. Belki de çok güvenmenin ve saygı duymanın bir ifadesiydi. İlk defa güvenle sevgiyi, itimatla saygıyı bir arada hissediyordu yüreğim... Hele o, her saban odama geldiğinde "Kardeşim, nasılsınız?" dediği o büyülü sözleri yok mu? O kadar yürekten, o kadar temiz ve o kadar dürüstçeydi ki belki de böyle insanlara az rastlamış olmamın şaşkınlığı içindeydim.

Meğer yalnız benimle değil, bütün hastalarıyla böyle ilgileniyormuş...

Artık her sabah tedaviden sonra söylediği kelimeleri ezberlemiştim.

"Sabret, hastalık bir imtihandır. İnşallah günahlarını döker. En büyük tedavi moraldir, vs."

Ah! Herkes senin gibi olsa...

Bilmem benim gerçek kimliğimi öğrense yine de bu kadar yakınlık gösterir miydi? Yoksa kendini hoyratça günahlara bulaştırmış bir kıza bu ilginin gereksiz olduğunu mu düşünürdü? O ne düşünür bilmem, ama ben böyle temiz sevgilere ve şefkatli ilgilere ne kadar aç olduğumu ve ne kadar muhtaç olduğumu derinden derine hissediyordum. Hissetmek de ne kelime, hasretini çekiyordum. Çünkü hep sahte ve yapmacık sevgilerin kurbanı olmuştum.

Çıkacağım, son gün odama geldi. Her zamanki gibi yanında hemşire hanım vardı. Çünkü o asla tek başına gelmezdi; mutlaka ya bir arkadaşıyla ya da hemşire hanımla gelirdi. Benim kendisine karşı gerçekleşmesi mümkün olmayan bu hâlimi fark etmiş olacak ki hayalen de olsa bir ümide kapılmamam için bütün meslektaşlarına örnek olacak bir davranış daha sergiledi.

"Sen çok iyi bir kızsın" diyerek başlamıştı, sözlerine... "Biliyorsun ki sen benim hastamsın. Yani bana emanetsin. Emanet demek özenle, ihtimamla korumak demektir. Biz çaresiz bir insana elimizden gelen bütün yardımları yaparız. Bunun dışında da asla başka bir şey düşünmeyiz. Aksi hâlde bu benim kişilik felsefeme çok ters bir durum olur. Benim de eşim ve kız kardeşim var. Allah insana işlediği günah cinsinden ceza verir; ama inşallah iyileşirsin, daha iyilerle bir gelecek kurarsın. Bunun için sana dua edeceğim."

Evet, böyleleri de vardı. İkisi de aynı okul mezunu, aynı kitapları okumuş. Peki, bu farklılık neden? Benim bunu çözecek zihnî yeterliliğim tükendi; ama özellikle genç kızların bu ayrıntıyı çok iyi düşünmelerini istiyorum. Çünkü hayat her yanlışı kaldırmıyor. Bazı yanlışlar var ki benim gibi bir anda kendini ölümün kucağında buluyorsunuz.

Yazmayı burada bırakıyorum. Tetkikler için hemşire hanımla koşturacağız biraz; tabii, olmayan dermanımla. Dönünce yazmaya çalışacağım.

YETİŞTİRME YURDUNDAKİ ACI GÜNLERİM

Yazdıkça kuvvet geliyor bana. Beni dinleyen, beni anlayan bir insanın varlığını tahmin etmek, en azından ümit etmek bile, bana direnç oluyor. Filmlerim, tahlillerim berbat. Ümitlenecek hiçbir şeyim yok. Zaten bu da benim isteğim değil mi? Belki de bu kötü gidiş, beni daha fazla bekleme zahmetinden kurtaracak. Sevineyim mi, üzüleyim mi? Bu mektubu bitirmeden gidersem çok üzülürüm.

Bir türlü anlatamadığım şu çocukluk yıllarımı yazmayı tekrar deneyeyim. Çünkü anlatacağım, söyleyeceğim o kadar can sıkıcı ve üzüntü verici olaylar var ki kaleme almaya cesaret edemeyişim bundan olmalı. Bu yüzden asıl konuya gelemiyorum ve daldan dala atlıyorum. Dedim ya mektubun başında, size düzenli bir mektup yazamam. İşte söylediğim gibi de oluyor. Galiba bunun adı bir mektup değil, bir yığın; kelime ve düşünce paçavrası... Yine de ısrarlıyım, deneyeceğim yazmayı.

HASTA BABAM, yoksulluğun ve fakirliğin etkisiyle dayanamamış, beni bir yaşında abimi de iki yaşındayken yetiştirme yurduna vermiş.

Biz kendimizi tanıdığımızda çevremizde bir yığın çocuk vardı. Akşama kadar kavga eder, saç baş yolardık. Bayan bakıcıların tatlı bir yüzü, tebessüm eden bakışları, şefkat dolu yaklaşımları hiç mi hiç olmazdı... Sırtımda yumruk, küfür ve azar dolu kelimeler, "Kahrolsun, gebersin inşaallah" gibi beddualar...

İşte bu dayanılmaz, bunalım psikolojisiyle gözlerimizi açtık hayata... İlk hırsızlığı orada öğrendik. Tabii ki buna bir hırsızlık da denemezdi. Çünkü çocuksu dünyamda bebekleri sevdiğim için başkasına ait olan bir bebeği sevmek istemiştim. Bunun hırsızlık ve yanlış olduğunu bilmiyordum bile. Bunun için bakıcıdan ne dayaklar yemiştim; ama dayak yiye yiye, bu yol da etkisiz hâle gelmişti. İnsanın canı acıya acıya terbiye olur mu? Daha çok asilik, daha çok yanlış davranışlar ve daha çok isyan, nefret... Bu çok yanlış bir metottu. Öğretmenler veya bakıcılar beni karşısına oturtup da başkasına ait bir malı izinsiz almanın hırsızlık olduğunu, o çocuk dünyama anlatamamışlardı.

Öğretmenlikten ve eğiticilikten anlamam; ama bu iyi bir yol değildi. Çünkü dayak yedikçe daha fazla hırsızlık yapıyordum. Kötü söz işittikçe de daha fazla yaramaz oluyordum. Bunun en büyük nedeni de beni eğiten büyüklerimin sevgisiz davranışlarıydı.

Şimdi düşünüyorum da bu gibi yurtlarda görev alan kadınlar mutlaka anne olmalı, sevgisi ve acıma duygusu ağır basmalı. Sıradan, insafsız ve sevgisiz bayanlar, eğiteyim derken daha çok, çocukları yozlaştırıp onlara zararlı davranışlar kazandırıyorlar.

Neyse, şimdi felsefe yapmayayım. Ne yaparlarsa yapsınlar. Sonuç benim gibi olduktan sonra... Yaşımız biraz ilerleyince kardeşimle birbirimizi daha iyi kollamaya başlamıştık, sürekli birbirimize destek olup kolluyorduk.

Babam önceleri sık sık gelirdi. Daha sonraları ise çok seyrek geldi. Çok işim var gelemiyorum, diyordu. Meğer çok hastaymış da ondan...

Gelirken bize kuru üzüm, leblebi ve pestil getirirdi. Bazen de küçük küçük harçlıklar verirdi; ama o paraların hiç hayrını görmezdik. Ne yaparsak yapalım mutlaka çaldırırdık. Biz de çalardık tabii. Benden bir yaş büyük kardeşim çok duygusaldı, çok çabuk ağlardı. Olayların farkına vardıkça gözleri daha da sulu olmuştu. Ben öyle değildim. Biraz sert huylu biraz da vurdumduymaz ve gereğinden fazla da inatçı... En çok kızdığım şey de onca onur kırıcı davranıştan sonra karşıma çıkıp bana nasihat etmeleriydi.

Bazen yemeklerde bize meyve verirlerdi. Kardeşim onu yemez, bana getirirdi. "Ben erkeğim, her yerde bulurum. Sen kızsın, kimseden isteyemezsin" derdi. Ah ağabeyciğim, canım benim; sen ne kadar ince düşünceli, merhametli birisiydin.

Bağışlayın, bu sahneyi yazamıyorum. Aklıma abim ne zaman gelse içimden bir şeyleri koparıp götürüyor. Zaten dirençsiz vücudum, büsbütün bitip tükeniyor. O benim hayatta tek dayanağım, tek dostum, tek erkeğim ve tek sırdaşımdı.

Ne mi oldu? Dayanabilirsem onu da anlatacağım.

Ben yedi yaşında, ilkokul birinci sınıfa gidiyordum. Abim de sekiz yaşında, ikinci sınıftaydı. Abim kendini üşütmüş, hastalanmıştı. Birkaç gün okula gidemedi, yurtta kaldı.

HAYATIMIN TEK SIRDAŞINI, ABİMİ DE KAYBETMİŞTİM

AKŞAMLEYİN OKULDAN döndüm ki ne göreyim; hayatımın kazığı kopmuş, ömrümün ipleri parçalanmış, ümidim sönmüş, dünyam kararmış... Ah, hayat ah! Ne kadar acımasız, ne kadar merhametsizsin? Senden neler çektim, neler..?

Canımın canı yattığı ranzadan aşağı düşmüş, kafasını ranzanın demirine çarpmış... Hayatımın tek sığınağı da göçüp gitmişti. Belki de başka türlü olmuş da bana böyle anlatmışlardı.

Haydi dayan! O çocuk kalbinle, nasıl dayanabilirsen dayan... Artık hayata hangi güçle, hangi ümitle asılabilirsin? Haydi, mutlu ol, tek başına nasıl mutlu olabiliyorsan!

Hayatımın en büyük darbesiydi bu. Birincisi hiç göremediğim annem, ikincisi de can dostum, her şeyim, sevecen yürekli küçük delikanlım... Ah! O olsaydı eminim ki ben burada değil, prensesler gibi mutlu bir yuvada olurdum. Ah! O olsaydı hiçbir art niyetli insan yanıma yaklaşmazdı. Ah! O olsaydı onurlu, kişilikli, hiçbir duygusuna el sürdürmemiş, alnı ak, başı dik bir insan olurdum.

Şu anda, içimden bir alevin çıktığını hissediyorum hocam. Siz iç yangını nedir, bilir misiniz? Bu iç yangını ateşten daha yakıcı bir kordur. Bunu içi yananlar bilir. Ellerim titriyor şu an... Sanırım kelimelerin, cümlelerin zikzaklarından anlıyorsunuz. Kalbimin fersiz, güçsüz temposu yine hızlandı. Yıllardır ağlamaya alışkın gözlerim yine kan döküyor. Ne yapayım benim kaderim bu. Ağlamak, en büyük silahım. Güçsüzün gücü, gözyaşından başkası ne olabilir?

Yurtta; artık tek başınaydım. Her gün, ama her gün ağlıyordum. Bu öyle bir ağlayış, bu öyle bir yakarıştı ki kendimi bitiriyordum. Bu yüzden iki defa gözlerim şişti ve mikrop aldı. Doktora götürdüler; ama çevremdeki büyükler çok sevimsiz, çok sevgisiz insanlardı. Her ağlayışımda beni teselli edeceklerine, azarlayıp susturma yolunu tercih ediyorlardı. Onlardan korktuğum için doyasıya ağlayamıyordum bile...

Öğretmenlerimin içinde beni anlayan ve şefkatine sığındığım bir tek öğretmenim vardı. Çok mu, çok iyiydi. Gelir, benimle ilgilenir, problemlerimizi dinler, hikâyeler anlatır, kitaplar verirdi. Sevgi dolu bir insandı. Daha sonra onu, yurttan uzaklaştırdılar. Nedendir bilmiyorum. Bu olay da benim için bir üzüntü kaynağı olmuştu.

Bir de kaloriferci Osman Efendi vardı. O insan da tam bir babaydı, hepimiz için. Bizlere her gün şeker dağıtır, "şekerlerim, çiçeklerim" diye severdi.

Hayatımın en büyük üzüntülerinden birisini de on yaşında, ilkokul üçüncü sınıfındayken yaşamıştım.

Beni müdür babamız çağırmıştı. Yurttaki öğrenciler müdüre "müdür baba" derlerdi.

Beni odasına aldı. İlk defa bir sevgi, bir ilgi gösterisi izliyordum. Bana güler yüzle ve tatlı kelimeler kullanarak yaklaşıyordu. Bu olumlu ortamın nedenini anlayamamıştım.

Önce eksiklerimi ve ihtiyaçlarımı sordu.

– Korkma kızım söyle, sana yardımcı olacağım, dedi. Ben de o günkü isteklerimi anlattım.

– Tamam, dedi, bunların hepsini alacağım. Sen güçlü, yürekli ve cesur bir kızsın, diye devam etti. Sana çok güveniyorum. Senin geleceğin çok parlak olacak. Sen her zorluğu yenersin, her acının üstesinden gelirsin.

Peki, bütün bunlar niyeydi? Bir şey anlamıyordum. Ben öyle cesur, yürekli falan da değildim.

Nihayet acı dolu, hayatımı karartan, ümidimi büsbütün bitiren, ölüm fermanımı daha on yaşında imzalayan bombayı patlattı.

– Kızım, çok üzgünüm; ama duymak, bilmek zorundasın. Baban rahmetli olmuş.

Daha son kelimeyi bitirmeden, benim her şeyim bitmişti. Odanın bütün eşyaları ayağa kalkmış, her şey üstüme geliyordu. Duvarlar, tavan, kapı, pencere her şey dönüyordu. Öyle bir hızla dönüyordu ki tam ortasında bir çukur açıldı, oraya doğru yuvarlandığımı hissettim. Ondan sonrasını da hatırlamıyorum.

Gözlerimi açtığımda iki beyaz gömlekli adam, bana doğru bakıyorlardı. Kolumda serum... Kafam bomboş, içimde tarifsiz bir acı vardı. Dayanılmaz kor bir ateş, her yanımı yakıyordu. İşte o gün içime düşen hayat yangını, hiç ama hiç sönmedi. Bugün bile o ateşin alevi, acısı, yangını içindeyim.

On yaşında bir kız çocuğu; annesini, babasını ve kardeşini yitirmiş... Hayatta yapayalnız. Bir tek Allah'ın kulu yok, onu teselli edecek, destek olacak. Düşünsenize, böyle bir hayatınız olsaydı ne yapardınız? Çok korkunç, çok ürpertici değil mi?

Günlerce aç, susuz kaldım. Köşelere çekilip sessiz sedasız ağladım, insanlardan kaçtım. Çok zayıfladım, bitkin düştüm. O yıl okula da gidemedim, sınıfta kaldım. Kimsenin umurunda değildi. Sen yememişsin, hastalanmışsın, okula gidememişsin. Kime ne? Olan bana oluyordu.

O yıllardaki tek teselli kaynağım kaloriferci Osman Efendi'ydi. Beni her gün bulur, saçlarımı okşar "Benim şekerim, çiçeğim" diye sever ve her gün bana bir tane şeker verirdi. Olsun; onca acının içinde küçücük kıvılcım da olsa bir mutluluk ışığıydı. Bugün bile saygıyla anıyorum.

Müdür baba ondan sonra benimle hiç ilgilenmedi. Ne oldu, neredeydir bilmiyorum; ama o müdür babayı hiç affetmedim. Ondan sonra beni çağırmadı, söz verdiği ihtiyaçlarımı da almadı. Böyle insanlar o kurumların başına niçin geçirilir, bilemiyorum. Oradaki çocuklar en çok sevgiye, ilgiye muhtaç yavrulardır. O kurumların başında olanlar da bu sevgi, bu ilgi mutlaka bulunmalıdır. En azından bulunanlar seçilmelidir.

O yıllarda onurumu kıran ve hiç unutmadığım başka bir olay da şöyle cereyan etmişti: Çok acıkmıştım, bu yüzden mutfağa gittim, bir parça ekmekle, biraz peynir aldım. Param olmadığı için kantinden alamamıştım. Bunu aşçı Kâmil Efendi gördü, tuttu kolumdan müdür yardımcısına götürdü. O da olmadık hakaretlerde bulundu; bir parça ekmek, bir dilim peynir için...

"Hırsızlar, terbiyesizler, görgüsüzler..." gibi aşağılayıcı sözlerle, ne hakaretler, ne hakaretler... O olayı hatırladığımda, hâlâ yüzümün kızardığını hissederim. Çünkü hayatın her yanlışına zorla da olsa bulaştırıldım, ama hırsızlık asla yapmadım.

Hâlbuki o yaşlarda çaresiz ve küçücük bir kız, çok acıkmış olmasa, çok zor durumda kalmasa o bir parça ekmek için böyle bir şeye kalkışır mı? Bu insanlar ne biçim eğitimci? Hiç mi çocuk psikolojisinden anlamıyorlar? Hiç mi kendi çocuklarını gözlerinin önüne getirmiyorlar? Ne yapalım? Acıktım, param yok... Yaptığım iş, kural dışı olsa da hoş görülmesi lazım değil mi? Veya bunun yanlış olduğu tatlı bir dille anlatılamaz mı? Bu davranış bir eğitimcinin asla yapmaması gereken bir hareketti, bence; hatta yapmak bir tarafa, hayalinden bile geçirmemeli. Çünkü biz onlara "baba" diyoruz. Bir baba çocuğuna bu yanlışı yapar mı?

İnsanlara örnek olması gereken insan, daha farklı, daha özel, daha temiz ve dürüst olmalı yoksa bizler kimi örnek alacağız?

Hocam, bunlar artık beni, hiç mi hiç ilgilendirmiyor, ama başka genç kızların bu duruma düşmesini istemediğim için yazıyorum.

ORTAOKUL YILLARIM

ORTAOKUL YILLARIM DA bundan farklı geçmedi; ama çevremdeki insanlar ve özellikle de ortaokul öğretmenleri, benim çok zeki olduğumu söylerlerdi.

O yıllarda hatırladığım iki etkileyici olaydan bahsetmek istiyorum. Biri şöyleydi:

Ortaokul ikinci sınıftaydım. Din dersi öğretmeni benim durumumu öğrenmiş, bana çok özel bir ilgi gösteriyor, zaman zaman ufak tefek ihtiyaçlarımı karşılıyor; özellikle de bayramlarda bana harçlık veriyordu. Bir dönem, bu öğretmenimin davranışlarından dolayı Allah'ı ve dini sevmeye başlamıştım. Zaten dine olan ilk ilgim o zaman oluşmuştu; ama olayların seyri dolayısıyla da çok uzun sürmedi.

Din dersi öğretmenim, okumam ve başarılı olmam konusunda beni sürekli teşvik ediyordu:

"Sen başarılı olmak zorundasın. Senin başka şansın yok. Ya başarılı olursun ya da bu hayatın çarkları içinde ezilip gidersin. Yalnız bir kız için yaşam çok zordur. Bundan dolayı çok güçlü olmalısın. Bunun için de hedefinde iyi bir eğitim, iyi bir okul olmalı. Eğer çalışırsan bunu başarabilirsin. Unutma ki kimsesizlerin en büyük kimsesi, Yüce Allah'tır. O çalışan, iyi niyetli kullarını asla ezdirmez."

İnanıyorum ki hocam doğru şeyler anlatıyordu; ama hayat

yolları o kadar dolambaçlı ve o kadar çetin bir yokuştu ki hocamın dediği hedefe bir türlü ulaşamadım veya bunu gerçekleştirecek bir irade ve çevreye sahip olamadım. Yine de bana o zor günlerde sahip çıkan hocamla bugün karşılaşsam onu aynı saygıyla dinlerdim. Çünkü içimde çok ender kalan sevgilerden birisi de ona aittir.

İkinci unutamadığım olay da sınıf arkadaşım olan Ayşe ve onun ayakkabısı idi. Ayşe'nin babası çok zengin olduğu için de çok iyi giyiniyordu. Bol da harçlığı olurdu. Her teneffüste bir şeyler yer, ben ise onu uzaktan imrenerek izlerdim. Çünkü hiç; ama hiç param olmazdı.

Bir gün çok sevdiğim ve giymeyi de çok istediğim bir ayakkabı almıştı. Onu nasıl kıskanmıştım, anlatamam. Bunun için gizli gizli ağladığımı hatırlıyorum.

Kendi içimde ilk isyanım da o günlerde başlamıştı. Çok da bilinçli olduğumdan dolayı değil, masumane bir istekti işte... Çocukluk psikolojisi içinde daha sağlıklı bir yorum bulamıyordum veya bu yanlışımı düzeltecek olan öğretmenlerim benimle yeteri kadar ilgilenmiyorlardı.

TÜRKÇE ÖĞRETMENİMİZ, ATEİZM VE MARKSİZM'İ ANLATIYORDU

ATEİST VE MARKSİST fikirleri tanıyıp öğrenmeme sebep olan kişi, Türkçe öğretmenimizdi. Hocamız derslerde sürekli olarak dine, imana saldırır, ateistliği savunur ve Marksizm'i anlatırdı. Bunun için öylesine özel bir çaba gösterirdi ki her dersin arasına din ve Allah'a dair aşağılayıcı fikirler sokuştururdu. O yaştaki bizler de hâliyle bundan çok etkilenirdik.

Adı Erdal olan öğretmenimiz, öğrencileri yurtta toplar veya akşamları odalarımıza gelir, gelirken de mutlaka meyve, çikolata, şeker veya benzeri şeyler getirir, bize dağıtırdı. Biz de sevincimizden zıplardık. Ardından da "En büyük öğretmen, Erdal Öğretmen!" diye tempo tutardık.

Bizleri yanına oturtur, bütün içtenliğiyle ilgi gösterir, sonra da konuşmasına başlardı.

Güzel, etkili bir hitabeti vardı. Bizim yaşımıza uygun olarak sohbet eder ve içimizdeki kanayan yaraya parmak basardı. Çünkü oradaki kızların hepsi ya öksüz ya da yetimdi. İlgiye ve sevgiye muhtaçtı. Öğretmenimiz de bunu iyi kullanırdı.

Şimdi hatırlıyorum da kafalarımızda Allah, Peygamber,

din ve Kur'an inancıyla ilgili var olan her şeyi silmek için neler yapmadı ki Erdal Öğretmen...

"İnsan dünyaya bir kere gelir. Gönlünüzce yaşayın çocuklar. Korkmayın kimseden, özgür olun. Henüz hayattayken her şeyin tadını çıkarın. Unutmayın ki bu çarpıklığın sona ermesi ve herkesin hak hukuk içinde insanca yaşayabilmesi için sosyalist bir yönetime ihtiyaç vardır. Bizler sizlere mutlu bir gelecek hazırlamak için çalışıyoruz. O günler gelince bütün acılarınız bitecektir. Herkes eşit olacak, kimse kimseyi ezemeyecektir."

Hocamızın bu ve benzeri görüşleri çok etkili olurdu. Bizler de güçlü bir din duygusuna sahip olmadığımız için kısa bir zamanda sosyalist oluşumuzla övünür hâle gelmiştik. İtiraf etmeliyim ki öldükten sonra toprak olma konusunu, hâlâ içime sindirmiş değilim. Yani içimde yeniden bir hayata sahip, dirilmek arzusu hep var olmuştur. Fakat bir diriliş ve hesap olacaksa bu nasıl olacak? Bunun izahını yapan bir kişi çıkmadı karşıma.

Neleri anlatayım daha. Hep atlıyorum. Yazamadığım çok şey var. "Devede kulak" derler ya, işte öyle; ama denizden damla da olsa her şeyi anlatma imkânım olmasa da örnekler çok şeyleri ifade ediyor, sanıyorum.

Yoruldum, biraz dinlenmem lazım. Vakit de geçti. Kendime gelirsem devam ederim. Gelemezsem tabii bu mektup size ulaşamayacak demektir.

İKİNCİ BÖLÜM

YANLIZLIĞIN KURBANI OLDUĞUM LİSE YILLARIM

Bölümün Özeti

Hayatın çirkin, çileli ve tehlikeli tuzakları karşısında korumasız ve tek başınaydım. Genç kızlık hayallerim, bazı gerçekleri görmeme engel oluyordu. Tecrübesizliğimden dolayı doğrularla yanlışları ayırt edemiyordum.

Kötü bir çevreye düştüğüm için etrafımı saran art niyetli insanlara tek başına direnmek çok zordu. Hayatın aydınlığını görmeden, karanlık ve ümitsizlik erken bastırmıştı.

İKİYÜZLÜ İNSANLARLA DOST OLMAK…

Mektubun ikinci günündeyim. Şu anda saat 10 oldu. Sabah rutin muayeneler, kontroller yapıldı. Saat 13'e kadar yalnızım. Yani mektubuma 13'e kadar devam edeceğim.

Bugün biraz daha iyiyim. Belki de dün, kâğıtlara içimi döktüğüm için rahatladım. Ölüme giderken rahatlamak, ne garip değil mi? Aç adamın, açlıkla doyması gibi bir şey…

AH, O LİSE dönemim!.. Umutlarımın başlamadan bittiği, ömrümün yanlışlara esir olduğu, affedilmez hatalarla, dipsiz kuyulara yuvarlandığım bir ürpertici yıllar.

Ne olurdu, bu bir rüya olsaydı da uyanınca bu kâbus geçip gitseydi. O hayat kesitini hiç yaşamamış olsaydım. Sahte yüzlü, canavar kalpli insanların cirit attığı, kimsesizlerin korumasız ceylanlar gibi hedef seçildiği, en kutsal duygulara bile acınmadığı lise hayatım... Ah, o kahrolası yıllar, benden ne istediniz bilmem ki?

Çok düşünüyorum da, bir de köyde kara cahil kalsaydım, inekler, öküzler, koyunlar arasında, yıkık bir evim olsaydım; o minicik evde yaramaz birkaç çocuğum ve beni az da olsa anlayan bir eşe sahip olsaydım... Şimdiki hâlime, okumuş, yazmış; ama umutları buz tutmuş bu hayatıma, bin defa tercih ederdim. Ah! Olmadı... Olmadıysa bu hayali hâlâ neden kuruyorum, bilmiyorum. Herhâlde bilinçaltında gizlenen o bitmeyen özlemim, zaman zaman böyle canlanıyor işte... "Çıkmadık canda ümit var" sözü bu gibi durumlar için söylenmiş olmalı.

Bir an bile olsa asla hatırlamak istemediğim, hayatımın en sancılı ve en dram dolu sahneleridir, lise hayatı. Annemden temiz ve pak kalan kişiliğimin, şahsiyetsiz art niyetli insanlar tarafından katledildiği o yıllar... Benim kahrolası hatalarım... Ah! Ne olurdu, o dönemi hiç yaşamasaydım veya anlık bir rüya olsaydı da uyanınca yeniden kendime gelseydim.

Ergenlik çağının zikzaklı yolları içinde... Uslanmaz ve mantıksız açmazların kucağında. Her şeyin istendiği, her şeyin tozpembe göründüğü, her yapmacık sevgiye ilgi duyulduğu o zamanda... Yanlış aşklar, art niyetli gençler, pusuda bekleyen acımasız insanlar... Bütün bunlarla sahipsiz bir kız nasıl başedebilsin?

Arkadaşlarım gönüllerince dolu dolu yaşarlardı. Elbiseler, yeni saç modelleri, çeşit çeşit deodorantlar... Genç kızlığın kendine özgü cilveleriydi bunlar. Ya ben? Hepsinden mahrum, bir köşede, arkadaş grubuna uzak bir yerde yapayalnızdım. Kiminle, ne konuşacaktım ki! Onlarla ortak noktalarım yoktu. Neden bahsedebilirdim? Annemin nasıl kızdığından mı? Babamın verdiği harçlıktan mı? Akşam gelen misafirlerden mi? Gece yaptığımız çiğ köfte partisinden mi? Veya arabayla nasıl şehir turu attığımdan mı? Neyi konuşacaktım?

Hiçbir gruba dâhil olamıyordum, dâhil olsam da, onlar gibi davranamıyordum, onlara benzer bir hayat yaşayamıyordum.

Benim tek arkadaşım vardı, onunla da aynı sırayı paylaştığım Emine... Babası ilkokul öğretmeniydi. Tutumlu, tertipli, düzenli bir kızdı. Hani, "Kendini bilen bir insan" derler ya bu tarif onun için söylenmişti, sanki.

Bilinçli bir insandı, Emine. Tehlikenin nereden geleceğini iyi bilirdi. Ailesinden iyi öğüt almıştı. Bu yüzden olacak ki bazı havalı arkadaşları Emine'nin bu tutucu, düzenli ve ölçülü hâline dayanıp "Sen ne anlarsın bu işlerden, geçmiş asırların kızı, örümcek kafalı" derlerdi. Keşke benim de kafam örümcek dolu olsaydı da bana özel olan duygularım ayaklar altına alınmasıydı.

Ben Emine'nin hiç zararını görmedim. İleriye dönük görüşlerinde de öyle terslik yoktu.

Emine, benim de kendisi gibi düzenli, tertipli ve maneviyatı yüksek bir insan olmam için çok uğraştı. Bana kitaplar verdi. Kırılmasın diye aldım; ama hiç okumadım.

O yıllarda, yaşamak, eğlenmek ve mahrum olduğum zevk ve mutluluk içinde yüzmek dururken din ve Allah kavramları bana çekici gelmiyordu. Hele Türkçe öğretmenimizin zihnimize soktuğu Allah'a ve dine dair fikirler, beynimi büsbütün altüst etmişti.

Bir gün, Emine, beni evlerine götürdü. Annesi beni çok iyi karşıladı. Bizim için yemekler yapmış, pastalar hazırlamış... Kadın, kendi aklınca bize öğütler de verdi. Ayrıntısını pek hatırlamıyorum. Giderken de elime bir paket sıkıştırdı. Açtım ki bir terlik, bir çorap, bir havlu, bir miktar da para var. Çok duygulandım; verilen hediyeye veya annesinin inceliğine değil; aile hayatının sıcaklığına, bir anneye sahip olmaya, yakın ve sıcak ilişkilere... İşte benim hasretim, özlemim, hayatım ve gece rüyalarımı süsleyen bunlardı. Ah, annem, ah! Seni nasıl özlediğimi bir bilsen...

Çoktandır ki görmedim yüzünü,
Beni öldürecek bu halet ana!
Hâlimi gelenden, gidenden değil,
Sıcak kollarından sual et ana!

Ana, gurbetteyim, el ocağında;
Sevgin, yüreğimin ta sıcağında,
Beni özler isen ya kucağında,
Yahut gözyaşında hayal et ana!

Ayrılıkmış alın yazım, kaderim,
Dönmeye bir ümit var, Allah kerim,
Belki buralarda ölüp giderim,
Ne olur hakkını helal et ana!

(A. Akgündüz)

Lisede iyi bir çevre edinemedim. Bazı gençlerin ikiyüzlülüğünü ve art niyetini fark etmiştim. Yalnızlığım ve çaresizliğim yüzünden peşimi bırakmıyorlardı. Bunlardan bir kısmını iyi tanıyordum. Benimle gönül eğlendirmek istiyorlardı. Yüz vermemek için direniyordum. Benim ilgi duyduğum, iyi niyetli gençler de bana yüz vermiyordu. Yani iyiler benim elime geçmiyordu, kötüleri de ben istemiyordum.

Lisedeki bazı devrimci gençlerin takıldığı kafelere gidiyordum. Onların sohbetleri, isyanları, aykırı hareketleri benim hoşuma gidiyordu. Sanki yalnızlığıma bir çare oluyordu. Bu düzensiz hayata isyan etmek, toplumun olumsuzluklarına kafa tutmak, bir intikam, bir rahatlama gibi geliyordu. Sanki bu anlamsız çıkışlardan, sloganlarla bağırıp çağırmaktan kendimce rahatlıyor ve içimin ateşini söndürmeye çalışıyordum.

Adalet, hak, eşitlik sloganları kulağımı okşuyor, damarımı kaynatıyordu. Herkese insanca yaşam, herkese iş, sağlık ve eğitim güzel kavramlardı. Buna kimse hayır diyemezdi. Burada günah, cehennem, Allah ve melek gibi insanı ölçülü davranmaya zorlayan ve hayatını disipline eden kavramlar yoktu. Bizim hayat anlayışımızda boyun eğmek zorunda kalacağımız manevî bir gücün etkisi olmadığı için daha rahattık veya kendimizi böyle avutuyorduk. Daha da önemlisi, benim gibi yalnızlık ve çaresizlik içine işlemiş bir genç kız açısından durum, tehlikeden ziyade bir kurtuluş gibi gözüküyordu. En azından öyle olmasını istiyordum. Hiç değilse buradaki gençler beni adam yerine koyuyor, değer veriyordu. Ne yazık ki ben öyle sanıyormuşum, hata üstüne hata yapıyormuşum. Bunu öğrendiğimde çok geç olacaktı.

Çevremdeki sahte görünümlü ikiyüzlü gençler bazı isteklerde ileri gittikleri zaman onlara şiddetle karşı çıkıyordum. "Bırak şu namuslu rolü üstlenmeyi, özgür ol, dilediğin gibi yaşa" diyerek kötü emellerini dile getirdiklerinde var gücümle direniyor ve isyan ediyordum. Güya bu şekilde kendimi koruyordum. Vah, zavallı Aysel, vah... Pamuk ellerle, ejderhalarla ne kadar savaşırsın; ne kadar güvenli olursun...

İstesem de istemesem de öyle bir ortama düşmüştüm ki artık kendimi koruyamayacağımı ben de biliyordum. Her tarafı düşmanla dolu çaresiz bir zavallıydım ben... Öyle ki kimin dost, kimin düşman olduğu belli olmayan bir çevredeydim. Art niyetlilerle, iyi niyetliler, gençlik döneminin puslu havası içinde birbirine karışmıştı veya bizim ölçülerimiz, tartılarımız onları ayırt etmeye yetmiyordu.

DÜNYAM ÇÖKMÜŞTÜ

BENİ BEKLEYEN acımasız tuzaktan habersiz, zikzaklarla dolu hayatı yaşamaya devam ediyordum.

Evet, hayatımın en önemli dramı, acısı ve beni kahreden günleri yaklaşıyordu. Dünyamın bu derece amansızca çökeceğini, ümitlerimin kökünden sökülüp savrulacağını aklımın ucundan bile geçirmezdim; ama pervasızca ve tedbirsizce içine atıldığım ortam, aslında bu sinyali aylar önce vermişti. Genç kızlık hatalarım bunu göremedi, görmedi. Eğer bu alçakça oyuna gelmeseydim bugün buralarda değil, daha iyi yerlerde olurdum.

O hadise... Allah kahretsin! Ne zaman hatırlasam sinir krizleri geçiriyorum. Olayın kendisine değil, oluş biçimine. Anlatıp bunu da içimden söküp atmak istiyorum; tabii atabilirsem.

Olmayacak hayallere dalmıştım yine. Yalnızca kendi içimde alevlenip yanan, kimsenin bilmediği bir duyguydu, bu. Kime mi? Tanınmış bir zenginin, dünya umurunda olmayan boş vermiş bir oğluna... Tıpkı Türk filmlerinde olduğu gibi...

Ağzı iyi laf yapan, daha doğrusu demagoji ustası, zengin ve havalı oğlan, ben ise sıradan bir kız. Bu filmin dramla biteceği başından belliydi; ama gel de anlat şu kuş beynime. Çağdaş, bu tür işlere alışık birisiydi. Yani o usta bir avcı, ben ise çaresiz ve korumasız bir ana kuzusuydum. İşte hayatımın en büyük hatası da bu şekilde başladı.

Resme olan ilgimden dolayı, resim öğretmenimizin oluşturduğu bir gruba katılmıştım. O grubun lideri de o çevrede ünlü bir siyasetçi ve iş adamı olan çok zengin bir insanın oğlu, Çağdaş'tı.

Çağdaş, okulun gözde öğrencisi, her sosyal etkinliğin düzenleyicisi ve önderiydi. Para çok olunca öğretmenler her işi ona yaptırıyorlardı. O da bunu fırsat bilerek sürekli burnunu kirli işlere bulaştırıyordu.

Kapıldık, kapılmaz olaydık. Arkadaşım Emine, beni defalarca uyarmıştı. "Bu çocuk iyi niyetli değil, dikkat et" diye. Genç kızlık işte... İnsanın da önünde bir büyüğü, bir rehberi olmazsa her türlü tehlikeye açık hâle geliyor. Ayrıca o dönemin gereği, hiçbir nasihat da tesir etmiyor, "Her şeyi, ben bilirim" havalarına giriyor. Nitekim öyle de oldu.

Resme karşı oldum olası bir ilgim vardı. Elime bir kalem bir de kâğıt geçirdiğimde mutlaka bir ev resmi çizerdim; çoğu zaman da bütün aile bireylerini. Bu, içimde sönmeyen, silinmeyen bir özlemin hikâyesiydi; ya resim yapmak ya da "anne" şiirleri okumak. İşte Çağdaş da benim bu zaafımı kullanmıştı.

Ben hiçbir kötü niyet düşünmediğim için Çağdaş'la, yakınlaşmamız ilerlemişti. Evlilik planları yapan iki iyi niyetli insan gibi geleceğimizi konuşuyorduk. Yaşadığım düzensiz hayatın kurallarına göre bu çok normal bir şey gibi gözüküyordu. Üstelik okul bitince benimle evleneceğini ve şerefli ailesine onurlu bir gelin olacağımı allandıra ballandıra anlatıyordu. Bana göre de bu çok masumane bir durumdu, ama ya sonuç? Meğer gözleri kör olan benmişim, ileriyi bir adım görecek mantığım yokmuş.

Arkadaşım Emine bu felaketi çok iyi sezmişti. Bunun için az mı çırpınıp durdu. Öksüz, yetim, kimsesiz olan birinin hayatının daha da dayanılmaz olmasını istemiyordu. Her fırsatta var gücüyle engel olmak istedi. Onu dinlemek şöyle dursun, bir de Emine'yi kırmıştım. "Senin eline böyle bir imkân geçmediği için beni çekemiyorsun, kıskanıyorsun" diye kırmıştım.

Çağdaş, bir cumartesi günü evine davet etti beni. Buna bahane olması için de "Bir grup kız gelecek, yaptığım resimlere, tablolara bakacaklar. Birer bardak da çay içeceğiz" dedi. Ben de kötü bir şey düşünmeden kabul ettim.

Büyüklerimiz boşuna mı demişler, ateşle barut yan yana durmaz, diye. Bir genç kız ve erkek yalnız kaldığında üçüncü kişinin şeytan olduğu, ne kadar doğruymuş.

O kahrolası hatıramın daha neyini anlatayım? Herkese iman ve Kur'an dersi veren anneme ihanet ederek çıkmıştım o evden. Bu hata öyle büyüktü ki asla affedilemezdi.

Bağırsam, çağırsam başımı duvardan duvara vursam kim duyacak, kim acıyacak veya kaybettiğim hayalleri ve ümitleri tekrar bana kim verecek? Sonuç tahmin ettiğiniz gibi. Bana zorla sahip olmuştu. Bu olay, benim için tam bir felaketti. İlk defa içimdeki direncin, gücün, yaşama ümidinin ve kurduğum pembe hayallerimin bittiğini anladım. O şok, o iğrenç ortam, o canavar herifin yaptıkları tam bir kâbus oldu. Bütün dünyamı kararttı, yaşama isteğimi, amacımı altüst etti.

Evdeki feryatlarım apartmanı ayağa kaldırmıştı. Kimin nesine? O işi yapmayı planlayan, kılıfını da hazırlamıştı. Gücümün yettiği kadar attığım çığlıkları fayda etmemişti.

Tertemiz ruhumu, tüm güzelliklerimi, hayallerimi ve geleceğe dair ümitlerimi o evde bırakmıştım. Daha da vahimi bütün apartman sakinleri bana bakıyordu, lanetli gözlerle. "Kendi ayağınla gelirsen, böyle olur" diye de alay ediyorlardı.

Artık ben yaşayan bir ölü olmuştum. Nasıl olur da annemin, babamın ve kardeşimin emanetine bu ihaneti yapardım. Ben aklımı kaçırmış olmalıydım.

İNTİHARA TEŞEBBÜS EDİYORDUM; ÖLEMİYORUM

BÜTÜN DÜŞÜNCELERİM donmuştu. Âdeta bir taştan farkım kalmamıştı. Ruhsuz bir ceset gibiydim. Yurda gelene kadar üç kez intihar teşebbüsünde bulundum. Tam üç kez... Üçünde de kendimi arabanın önüne attım. Ne yazormuş bu ölmek. Ölmek istiyorum, ölemiyorum. Artık yaşayamazdım; ama arabalar çiğnemiyordu beni. Ya acı bir fren yapıyorlar ya da sıyırıp geçiyorlardı. Onca trafik kazası olur, onca insan ölür; niye ben ölmüyordum. "Neredesiniz? Şoförlükteki ustalığınız bana mı denk geldi?" diye içimden içimden feryat ediyorum. "Vurun bitirin şu işi!" Ama olmuyordu. Sanki bir kuvvet buna mâni oluyordu.

Yurda geldim, tam bir şoktaydım. Günlerce yemedim, içmedim. Okula da gidememiştim. Tam anlamıyla yıkılmış, bitmiştim. Böyle hayat olmaz olsun.

Tek dostum, sıra arkadaşım Emine'ymiş. Kaç defa yanıma geldi. Okulu bırakmamam için yalvardı; hatta bir seferinde annesini de getirdi. Her şey bitmişti benim için. Tek yol vardı: bu günahkâr cesedimi bir mezarlığın tenha bir yerine gömmek.

Dünyada yalnızlığı oynadığım gibi orada da kendi içime çekilecektim. Çünkü bu dünyada olduğu gibi mezarlıkta da kimseye yakın ve dost olma hakkım yoktu, onu da çoktan yitirmiştim.

Emine niye bu hâle geldiğini merak ediyordu. Aşırı ısrar edince olayı anlattım. Çıkmıştı işte dediği. Ben nasıl göremedim, nasıl aldandım!

Son bir ümitle, içinde bulunduğum bu zor durumu anlatmak için Çağdaş'ın babasına gittim. Oğlunun bana kurduğu tuzağı ve o iğrenç olayı gözyaşları içinde anlattım. Belki merhamete gelir, beni bu zor durumdan kurtarır diye düşündüm; ama benim yıkılışımı, hayal kırıklığımı, feryadımı dinlemedi bile. Üstelik çok komik ve sıradan bir olaymış gibi kahkaha üstüne kahkaha attı. Hiç utanıp sıkılmadan, yüzüme karşı:

"Benim ayak takımı kadınlarla kaybedecek zamanım yoktur" dedi. Gözünün önüne bakıp kendine dikkat etseydin.

Bu beklemediğim ikinci şok karşısında kendimi tutamayıp hıçkırmaya başlayınca birden ayağa fırladı, sert ve acımasız bir ses tonuyla;

"Çık dışarı, defol buralardan" dedi. Yoksa şimdi bir polis çağırırım, seni hayat kadını olarak içeri tıkarlar.

Attı beni dışarıya. Dünyada her şeyini kaybetmiş bir ceset olarak kaldırımın üzerine yığıldım. Bütün bedenim alevler içinde yanıyordu, sanki. "Acı" dedikleri şey bu olmalıydı. Âdeta amansız bir köz üstünde piştiğimi hissediyordum. O anda aklıma gelen tek şey, ölümdü. Başka hiçbir yol beni kurtaramazdı.

Arkadaşım Emine'nin dilinden hiç düşürmediği bir slogan vardı:

"Eğer bir insanda Allah korkusu ve hesap verme duygusu yoksa her türlü hatayı işler, her fenalığı yapar."

Ne kadar haklı olduğunu çok iyi anlamıştım, ama çok geç olduktan sonra...

İnan, inanma; bir insanı durdurmanın, susturmanın ve kontrol altına almanın yollarından birisinin de böyle bir inanç olduğu açıktı.

Şimdi içimde silemediğim izler, tedavi edemediğim yaralar beni yıllar öncesine çekiyor, aynı sahneyi defalarca yaşayıp yeniden aynı ateşler içinde yanıyorum.

Çağdaş'ın dünyamı karartan dayanılmaz ihaneti karşısında çılgına dönmüş ve kendimi yeniden son çare olarak Allah'ın kucağına atmıştım.

Yardım et, diye bağırıyordum. Sana isyan etsem de son kapım Sen'sin. Göster şu hainlere gücünü, tut elimden. Kimsesiz bu kulun çak darda kaldı. Alevler içinde pişiyor. Koruyacak kimsesi yok. Yardım et, ne olur, diye kendimi paraladım, bitirdim defalarca.

Ne esrarengiz bir durum ki bu içli yalvarış, sanki uzaya gönderilen sinyaller gibi derhâl hedefini bulmuştu. Hemen ardından hâlâ çözemediğim ve içinden çıkamadığım sırlı bir olay gerçekleşti. Arkadaşım Emine'ye göre "Bu Allah'ın açık bir yardım eli"ydi.

BANA İHANET EDEN ÇOCUK ÜÇ GÜN SONRA ÖLMÜŞTÜ

MADEM BEN intihar ederek ölemiyordum, benden önce Çağdaş ölmeliydi. Onu ortadan kaldırmanın planlarını yapıyordum. O sırada yurda arkadaşım Emine geldi, nefes nefeseydi.

– Duaların kabul oldu, diye atıldı boynuma...

– Ne oldu, diye sordum, merakla...

– Çağdaş ölü bulunmuş!

"Ölü" kelimesini duyunca ayağa fırladım. Arkadaşımın saçlarına yapıştım.

– Doğru söyle, dedim. Artık ne kandırılmaya ne de avutulmaya direncim var.

– Doğru söylüyorum, dedi. Evinde ölü bulunmuş. Tüp zehirlenmesi diyorlar, ama gerçek sebebini bilemiyorum.

O anda ilk defa "Sen varsın, sen büyüksün Allah'ım" diye haykırmak geldi içimden. Sanki bütün şehri dolaşarak bunu herkese müjdelemek istiyordum.

Güya ben bir ateisttim. Sıkıştığım ve darda kaldığım zaman Allah'ı hatırlayan bir ateist. Sözde benim felsefemde her şey maddeden ibaretti, bunlara yer yoktu; ama ortadaki olay ise hiçbir şüpheye yer bırakmayacak bir gerçekti. Bir türlü çıkamıyordum, bu sırlı ve karmaşık gelişmelerin içinden. Ancak bana yapılan insanlık dışı bu zulmü, bir kuvvetin affetmediği ortadaydı. Çağdaş'ın ölmesi, yaşadığım cehennem hayatına bir çare değildi; fakat yaşamıyor olması, küçük bir teselliydi, benim için.

Olduğum yere oturup hıçkıra hıçkıra ağlamaya başladım. Bu bir hayretin, bir intikamın, bir kinin gözyaşlarıydı. Artık hayata alışmalıydım. Eğer yaşayacaksam benim hayatım buydu. Giden geri gelmeyecek, yıkılan ümitler yeniden kurulmayacak ve kaybolan duygular yeniden canlanmayacaktı.

Emine ve ailesinin yoğun desteği sayesinde okula yeniden döndüm. O gün cenazesi kaldırılıyordu. Tabutunu okula getirip tören düzenlediler. Yaptığı kalleşliğin, namussuzluğun kimse farkında değildi. Her kürsüye çıkan onun faziletini, çalışkanlığını ve örnek bir öğrenci olduğunu haykırıyordu. Kaç kez ortaya fırlayıp:

"Biraz da beni dinleyin. O masum kanı içen canavarı biraz da ben anlatayım, demek istedim; ama arkadaşım Emine elimi bir türlü bırakmadı. Bir delilik yapacağımı biliyordu."

Onun lehindeki güzel sözlere, hatta bazılarının gözyaşı dökmesine karşı benim içim âdeta buz yutmuş gibi soğuyordu.

Emine o akşam beni evine götürdü. O dindar aile ortamına girmek istemiyordum; ama mecbur oldum. Zor günlerin dostu Emine'yi kıramadım. Fedakâr Emine, benim dine olan soğukluğumu bildiği hâlde, beni yalnız bırakmıyordu. Zaman zaman beni dindarlara yaklaştıran olay da buydu. Benim gibi düşünen arkadaşlarımın gözünde, çok fazla bir değerim yoktu. Onlar gibi marjinal bir hayat yaşarsan ne alâ. Bunu da ben yapamıyordum. Bir insan, onuruyla yaşamalıydı. Her türlü ihanetin adı, "gönlünce yaşamak" olmamalıydı. Hem ben bir kızdım. Bir kızın onurlu ve şerefli bir hayat sürmesi için bazı hassasiyetleri olmalıydı. İşte bu noktada kendi yandaşlarımla anlaşamıyordum.

Arkadaşım Emine ise dindar arkadaşlarıyla değil, benimle geziyordu. Biliyordum kendi inancına göre kutsal bir görev yapıyordu. Beni imana döndürmek istiyordu. Keşke becerebilseydi. Bazen bunu çok istemiştim; ama benim yapım ciddi şeyleri kaldıramıyordu. Bunun için de olmadı, olamadı.

Hayatın çirkin, çileli ve tehlikeli tuzakları karşısında korumasız ve tek başınaydım. Genç kızlık hayallerim, bazı gerçekleri görmeme engel oluyordu. Tecrübesizliğimden dolayı doğrularla yanlışları ayırt edemiyordum.

Kötü bir çevreye düştüğüm için etrafımı saran art niyetli insanlara tek başıma direnmek çok zordu. Hayatın aydınlığını görmeden, karanlık ve ümitsizlik erken bastırmıştı.

Evet, Emine'nin evine gelmiştik. Çağdaş ile olan maceramı kimseye anlatmadığını ve anlatmayacağını söyledi. Dediği gibi de yaptı. Hâlâ o macerayı kimse duymadığına göre demek ki dürüst kızmış, verdiği sözü tuttu.

Bizim yoldaşlar olsaydı daha ilk günden dillere düşmüştüm. İşte dindarları takdir ettiğim başka bir yön de buydu. Hiç değilse ettikleri yeminin bir yaptırımı oluyor. Ya bizim? Orasını fazla karıştırmayayım.

Yine kaydım değil mi? Acılarım beni sağa, sola çekiyor. Kayan, konular değil; zihnimin kayganlığı, dünyamın dolambaçlığı, hayatımdaki tümsek ve çukurlar. Yürümesini bilmeyen adam gibi, düşüncelerimde de yalpalıyorum. Ne yaparsınız elimde değil...

ARKADAŞIM VE BABASI BENİ KURTARMAK İSTİYORDU

EMİNE'NİN ANNESİ ve babası beni çok iyi karşıladılar. Temiz, mis gibi bir evdi. Her taraf huzur kokuyordu. Bağıran, çağıran, küfür, yanlış, ihanet ve tuzak yoktu. Burada kendimi çok emin ellerde hissediyordum.

Annesi beni şefkatle kucakladı; "Hoş geldin kızım" deyip öpünce, o anda anne sıcaklığını iliklerime kadar hissetmiştim. Bir an annemi hayal ettim. Eğer olsaydı, o da benim yolumu böyle bekler, o da bana yemekler hazırlar ve beni kapıda karşılardı. Onun sıcak kucağında hiç yatmadım. Yanaklarımı şefkat dolu dudaklarına dokunduramadım. Ah, annem, ah! Ne olur hayatta olsaydın! Bana bir kez "Kızım, yavrum" deseydin yeterdi. Ne kadar hasretim bu sese, bir bilsen...

Anne, zannetme ki günler geçti de
Değişti evvelki hissim git gide!
Senden umuyorum teselli yine,
Bugün şefkatine, muhabbetine.

Zanneder misin ki yok ihtiyacım?
Belki eskisinden daha muhtacım!

O derin sevgini hatırlarım da
Her gece hıçkıran dudaklarımda.

Nasıl terk edildim, nasıl atıldım!
Anne, aldatıldım... Ah, aldatıldım.
Yalnız o kucakmış, yalnız o dizmiş.
İnsanlar ne kadar merhametsizmiş.
(Yavuz Bülent Bakiler)

Ne zaman anne hasretiyle hayale dalsam içime köz düşmüş gibi içim yanıyordu.

Emine'nin annesi en güzel Anadolu yemeklerini dizmişti sofraya. Hasrettim böylesi bir yuvaya. Hep birlikte masaya geçtik. Annesi etrafımızda dolanıyor, çırpınıp duruyordu.

– Şunu da ye yavrum, şundan da al yavrum, şu yemekten de tat yavrum.

Ne kadar iyi kalpli, ne kadar sevecen bir hanımdı. Bütün anneler böyle olmalı, anne şefkati buydu, herhalde...

– Baban yok mu, diye sordum Emine'ye.

– Biz rahat yiyelim diye yanımıza gelmedi, dedi.

Ne kadar ince bir düşünceydi bu. Ben böyle şeylere alışık değilim. Çünkü yaşadığım hayat, bana nezaketi unutturmuştu.

Yemekten sonra salona geçmiştik. Salonda büyük bir kütüphane vardı. Bugüne kadar görmediğim çoklukta kitap... Belli ki, kültür düzeyi yüksek bir evdi. Duvara tablolar dizilmiş ve her tablonun altında da özlü ve güzel sözler bulunuyordu. Birisini hâlâ hatırlıyorum:

"Ey insan kendini oku!"

Çok anlamlı ve çarpıcı bir sözdü; ama "Okunacak neyimi bıraktılar?" diyerek pek üzerinde durmadım, geçtim.

Ben sağa sola bakınırken Emine'nin babası girdi. Güler

yüzlü, temiz kıyafetli sevecen bir insandı.

– Hoş geldiniz yavrum, dedi; ama elini uzatmadı, ben de karşılık vermedim.

Oldukça etkileyici bir nezaket içinde, saygı uyandıran bir davranışla, hâl hatır sordu. Beni konuşturmaya, rahatlatmaya sıcak bir ilgi göstermeye çalışıyordu. Bunu biliyordum.

– Kızım, dedi. Seni misafir etmeyi Emine çok istedi. Ben de arzu ettim. Ben öğretmenim. Yavrum sen de benim öğrencim sayılırsın. Ayrıca Emine'nin arkadaşı olman dolayısıyla manevî kızım durumundasın.

Benim de senin gibi annem ve babam olmadı. Hem öksüz hem de yetim büyüdüm. Çocukluğum ayakkabı boyacılığı ve simit satmakla geçti. Hayatın birçok zorluğunu gördüm. Katlandım, direndim ve sabrettim. Allah hiçbir emeği boşa çevirmez. İnanıyorum ki bu zorluğu sen de yeneceksin ve güzel bir hayatın olacak.

Evimin kapılarını bugünden itibaren bir kızım gibi sana açmak istiyorum. Her türlü probleminle ilgilenmek ve sana yardımcı olmak niyetindeyim. Sık sık seni Emine ile birlikte evimize bekleriz. Bunu eşim de çok arzu ediyor. Problemlerini mutlaka bizimle paylaş. İmkânlarımız ölçüsünde sana yardımcı olalım.

Ne kadar iyi insanlar, diye düşünüyordum. Yalnız beni sıkan tek taraf, aşırı dindar oluşlarıydı. Ben böyle yerlerde çok sıkılırdım. Gittiğim yerde rahat sigara içmeliyim, bağırıp çağırmalıyım, argo kelimeleri rahatlıkla kullanmalıyım. Öyle hanım hanımcık oturamam.

– Ben hayatta iki önemli tecrübe edindim, diyerek devam etti.

Birincisi şudur: Dünyadaki başarılı insanların büyük kısmı yokluktan, imkânsızlıktan ve zorluktan çıkıp gelenlerdir. Onlar zorluklarla savaşa savaşa, başarının sırlarını öğrenmiş ve yükselmişlerdir.

Sen de kendine söz ver, bir amaç belirle. Planlı, programlı çalış; zamanını iyi değerlendir. İnanıyorum ki çok başarılı olursun, çok iyi de bir yere gelirsin. Planlı çalışma konusunda size yardımcı olabilirim. Ayrıca arkadaş grubu da insanın başarısını etkiler. Eğer başarısız bir grupla birlikteysen bunu gözden geçirmen lazımdır.

İkinci tecrübem ise; hayatta bir beklentisi olan, başarı isteyen, huzur ve mutluluk arayan insan, kendi kendisinin farkında olmalı, taşıdığı değerleri ve varlık nedenini keşfetmelidir. Yoksa başarı geçici olur, fayda vermez.

Şu soruyu her gün kendimize sormalıyız: Ben kimim? Niçin yaşıyorum? Nereden geldim? Nereye gidiyorum? Bu dünyayı ve içindekileri bize hizmetkâr eden Kudret Sahibi bizden ne istiyor?

Dünyayı keşfe çıkan, bilinmezlerin peşinde koşan insan, kendi varlığının ne kadar farkındadır? Çevrenin, hayatın ve insanların ayrıntılarıyla, eksiklikleriyle ilgilenen insan, kendi ayrıntısının, kendi eksikliklerinin ne ölçüde bilincindedir?

Bu konuya şöyle bakmak da mümkün:

Bir sabah uyandığımızda, kendimizi hiç tanımadığınız esrarengiz bir âlemde, uzayın hiç tanımadığımız bir köşesinde, hiç aşina olmadığımız yaratıklar arasında buluversek hiçbir şey olmamış gibi hayatımıza devam edebilir miyiz?

Evet, gözümüzü açtığımızda kendimizi yabancı bir âlemde bulduk. Her yanı harikuladeliklerle dolu, rüyalar âlemi bu. Güneşin bu kadar güzel doğup battığı başka bir gezegen yok, bu kâinatta. Her saniye on binlerce ton suyun havaya kaldırılıp bir o kadarının usulca yere indirildiği, semasında birbirinden şirin canlıların kanat çırptığı, zeminine rengârenk halılar serdiği, tavanı yıldızlarla bezendiği başka bir yer yok. Çağlayanlar, dağlar, denizler, ovalar, çöller ve her harika güzellik burada. Sesler ve kokular ayrı birer âlem. Etrafımız milyonlarca tür canlıyla dolu.

Böyle bir dünyaya, elimizde olmayarak geldik yahut getirildik. Yıllardan bir yıl, günlerden bir gün aniden gözümüzü burada açtık. Sonra yine ummadığımız ve istemediğimiz bir anda, bu rüyalar ülkesini de geride bırakacağız.

İşte dünyanın ve kâinatın sırlarıyla ilgili, "Bunlar nedir? Nasıl olmuştur? Niye yaşamaktadır?" gibi onlarca kez sorduğunuz merak dolu soruları; acaba günde kaç kez kendinize yöneltip "Ben kimim? Niçin varım? Nereden geldim? Nereye gidiyorum? Benim varlık sebebim kim?" diye sormuştunuz?

İnsanın, önce kendini tanıması, kendini sorgulaması ve kendisiyle ilgili bilinmezlere cevap araması gerekmez mi? Bu, insan olmanın ilk şartı, değil mi?

İnsanın şaşkınlık ve tedirginlikten kurtulması, neci ve kim olduğunu anlaması için bu ve benzeri soruların cevaplarını bulması lazımdır.

Kim olduğunu bilmeyen ve kendini tanımayan insan, hayatta nasıl huzur bulur ve mutlu olur?

Hoca, kendine göre felsefe yapıyordu. Anlattıklarını iyi dinleyecek, iyi yorumlayacak bir kafada değildim. Psikolojik dünyam alt-üsttü. Bu ciddî konular hep havada kalıyor, içime, belleğime işlemiyordu. Hasta bir adama en lezzetli yemekler getirseniz onu iştahla yiyebilir mi? Benim için de bu ciddî konular öyleydi.

Hocanın gelmek istediği noktayı biliyordum. Bana "İyi kul ol, Allah'ın dediğini yap. Yoksa huzurlu ve mutlu olamazsın" demek istiyordu.

Ama bu konuya itirazım vardı. Zaten benim yapım itiraz etmeye müsaitti. Aklıma uymayan hiçbir şeyi kuzu kuzu dinlemezdim. Sonucu ne olursa olsun kalkıp tartışırdım. Bu yüzden bizim grupla az mı atışmıştık. Onların söylemleri, kafama uymadı mı basardım itirazı.

Şimdi hocanın anlattıklarına da söyleyeceklerim vardı. Hem de çok; ama beni o kadar nezaketle misafir etmişlerdi ki bir ara ilk defa "Ayıp olur mu?" diye düşündüm. Demek ki o zaman hâlâ "ayıp" kavramını taşıyormuşum.

Evet, ilk defa söyleyeceklerimi söyleyemedim. İlk defa da söyleyemediğim için pişmanlık duymadım. Hoca çok kültürlü, bilgili bir adamdı.

Keşke itirazlarımı bir bir sıralasaydım da o da beni bazı konularda aydınlatsaydı.

Uzayıp giden vaazdan çok sıkılmıştım. Emine'nin babası kendine göre doğru şeyler söylüyordu; ama bunların hiç biri beni etkilemiyordu. Benim kararmış dünyam, böyle sözlerle aydınlanıp yeniden canlanacak kadar hazır değildi.

Bu kadar acı içinde bir insan, kolayca ruhunu temizleyip şükredemez, kimseye teşekkürünü sunamazdı.

Sıkıldım.

Emine'nin babası benim sıkıldığımı anlayınca yanımızdan kalktı, odasına geçti. Bizi birbirimizle baş başa bıraktı.

Dünyamda esen fırtınalar, alev alev yanan acılar, atlatılan şoklar; lezzet almama, huzurlu olmama engel oluyordu. O insanların onca nezaketli hâli bile beni sıkıyor, rahatsız ediyordu.

Tıpkı büyük bir yarayı iyileştirmek için yapılan pansumanın acıttığı gibi doğru sözler de bana batıyor, itici geliyordu.

KENDİMİ DERS ÇALIŞMAYA MAHKÛM ETTİM

LİSE YAŞAMIMDA, beni ateşleyen, başarı için elimden tutmak isteyen saygın bir insan da matematik öğretmenim Bilal Bey'di. Bana çok ilgi gösterdi, yardımcı oldu. Bir defasında eşiyle birlikte geldiler. Beni tepeden tırnağa giydirdiler. Eşi de öğretmendi ve kapalı bir hanımdı.

Eşi benim dinden uzak bir kız olduğumu duymuş olacak ki bana *Kendini Arayan Adam* isimli bir kitap vermişti.

"Oku, çok yararlanacaksın, dedi. Bu kitapta Allah, ahiret ve benzeri konular bilimsel olarak ispat ediliyor. Oku ki zihnindeki şüphelere cevaplar bulasın."

Öylesine karıştırdım, sonra attım bir köşeye. Ciddî konular, hayatı anlamlı yaşayan insanların işiydi. Benim gibi sıradan kimselerin değil...

Matematik öğretmenim Bilal Bey, bana bir yıl boyunca her hafta matematik dersi verdi. Sayısal bilgimi güçlendirdi. Beni de başarı için iyice hırslandırdı. Artık ben de aklıma koymuştum. Çalışıp başaracak ve beni toplumda üzen, acıtan insanlardan intikam alacaktım.

Çok hızlı bir çalışma temposu başlattım. Emine'nin babasının da yardımıyla günlük bir plan yaptım ve kendimi ders çalışmaya mahkûm ettim. Kısa zamanda başarım görülmeye başladı ve hocalarım başarılarımı fark etti.

Üçüncü sınıf benim için bir ölüm geçidi olmuştu. Yurttaki müdür babamız, okulda da lise müdürü bizlerden başarı beklediklerini sık sık anlatarak yardımcı oluyorlardı. Eğer üniversiteyi kazanamazsam yurttan çıkarılacaktım. Hoş iyi bir ortam değildi, yine de sokakta kalmaktan da iyiydi; hatta bunun için kendi kendime şu kararı almıştım:

"Ya üniversiteyi kazanırım ya da onursuz insanların elinde paçavraya dönmeyi kabul ederim."

Bu söze yurttaki arkadaşlarım, öğretmenlerim gülüp geçmişlerdi. Benim gibi dağınık, ipe sapa gelmeyen birisi mi başarılı olacaktı. Hadi canım, diyorlardı. "Başarı kim, sen kim?"

Bunun için bana yardım eden insanlar; sağ olsun matematik öğretmenim ve eşi, arkadaşım Emine ve babasıydı. Benim başarım için neler yapmadılar ki...

Yine çok yoruldum, zihnim dağınık, hocam. Ben başka şey düşünüyorum, kalemim başka yazıyor. Biraz dinlenmeliyim yine...

LİSE BİRİNCİSİ OLMUŞTUM

Hemşireler; iğneyi vurdular, hapları verdiler ve biten serumu çektiler. Geceye yaklaşıyorum. Biraz direnç topladım galiba; bir miktar daha yazabilirim.

NİHAYET LİSEYİ bitirdim; ama amansız bir mücadele vererek. Bir insan kötü damga yemeye görsün, yüzlerce ahlakı sıfırlanmış Çağdaş'lar etraftan türeyiveriyor. Onlara karşı ölesiye savaşa girdim. Artık kolay lokma olmadığımı anladılar. Birçok devrimci faaliyetlerden de uzak durdum. Emrivakilerin karşısına dikildim ve "Aklıma yatmayan bir şeyi bana inandıramazsınız" diye isyan ettim. Kararlılığımı ısrarla sürdürdüm. Öyle ar namuslu olduğum için değil, benim de kendime ait bir dünyam ve bir kişiliğim olduğunu ispat etmek için.

Okul bitince bir sürü olumsuzluk yanında, bir de olumlu haber almıştım. Nihayet çalışmam sonuç vermişti, lise birincisi olmuştum. Bu, benim için inanılmaz bir şeydi. Sağ olsun bana yardımcı olanlar; beni en alttan alıp en üst sıralara taşımışlardı. Ne diyeyim, minnet borcum var, Emine'ye, babasına, matematik öğretmenime ve eşine; ama şu garip işe bakın ki bana yardımcı olanlar; bir türlü fikirlerini ve görüşlerini paylaşmadığım dindar insanlardı. Beni ayak takımı gibi görmek isteyip hayatımı karartanlar da bizim devrimci uşaklardı.

Ne yazık ki yaşadığım bunca iğrenç deneyime rağmen akılsız beynim bir türlü vazgeçmiyordu, o arkadaş gurubundan. Gönlüm ve duygularım yine de onlardan yanaydı; ama aklım ve mantığım dindar insanların dürüstlüklerindendi.

Peki, her şey bu kadar açık seçik ortadayken bu çelişki nedendi? Galiba özgür olma isteği, emir ve kurallara baş kaldırma duygusu... Biliyorum bu akıllıca bir şey değil, ama insan yılların alışkanlığını bir kalemden silip atamıyor. Biliyordum, bu hatalarımın beni daha da büyük felaketlere sürükleyeceğini...

Okul idaresi benim gibi bir kıza okul birinciliği vermek istememiş önce. "O kız hızlı bir devrimci, adı dedikodulara karışıyor. İsyankâr, itaatsiz" demişler; ama yine sağ olsun matematik öğretmenim karşı çıkmış ve benim adıma, hakkımı savunmuş.

"Hak kiminse ona verilmeli, hakkın sağı, solu olmaz" demiş. Sonra da bana vermeye mecbur kalmışlar. Şu tersliğe bakın ki her fırsatta benim etrafımda dönen devrimci hocalar, "Bize bir zarar gelmesin" diye beni müdafaa etmeye korkmuşlar. Beni koruyan ve kollayan ise onların sevmediği matematik öğretmenim olmuş. Ne diyeyim, her şey ortadayken...

Bu arada aylardır çok iyi niyetli bir insanmış gibi davranışlarıyla bana yardımcı olmaya çalışan ünlü devrimci İlker, ısrarla evlilik tekliflerinde bulundu. İnandım. Bu çocuk diğerleri gibi değil, diyordum. Daha dürüst, daha vicdanlı... En azından ben öyle görüyordum. Yine de benim kimseye inancım kalmamıştı. Benden vazgeçsin diye yaşadıklarımı anlattım. Bizim devrimci İlker, bütün bunları kabul etti. Ben de bu hayatın acımasız yalnızlığı içinde daha fazla acı çekmeyeyim diye, bir ailemin olmasını istedim. Beni ailesine götürdü, tanıştırdı; ama sonuç vahimdi. Benim gibi bir kızı sağcı ne yapsın, solcu ne yapsın... Herkese namuslu bir gelin lazım.

Anne-babası beni iyi soruşturmuşlar.

Babası, "Bak kızım" dedi. "Bizler de ileri görüşlü, sosyal demokrat insanlarız. Devrimciliğine ve sol görüşlerine diyeceğim yok; ama bizler çevrede iyi tanınan ve saygın insanlarız. Adınızın bazı dedikodulara karışmış olması bu işin en büyük engelidir. Sen şansını başka yerde ara."

Kendimi, ağlayarak dışarı atmıştım. Bu hayatı ben istememiştim. Bu olayları ben planlamamıştım. Bu zalim ve hain insanlara karşı kendimi koruyamadım, koruyamazdım da. Bunu kimse anlamıyordu. Artık ben herkesin gözünde basit ve sıradan bir kız olarak görünüyordum. Ah o devrimci dostlarım, beni böyle anlatıyorlardı herkese.

İlker macerası da bitmişti. Memnun da olmuştum bir manada... Artık benim için kimsenin ümitlenip hayal kurmasını istemiyordum. Bütün duygularım ve var gücümle başarıya kilitlenmiştim. "Mutlaka başaracağım, güçlü ve kuvvetli olacağım. Bana adi bir kız davranışı sergileyenlerden intikam alacağım" diyordum. Bu öylesine belleğime yerleşmişti ki artık bunun rüyalarını da görüyordum.

O büyük gün gelmişti. Üniversite sınavına girecektim. Her zamanki gibi yine Emine yanımda, beni yalnız bırakmıyordu. Sınavdan önce bana "Cevşen" isminde küçük bir dua kitabı vermişti.

Ben böyle şeylere inanmam, dediysem de çok ısrar etti; aldım. Kolye gibi boynuma taktım. Bunu mutlaka söylemeliyim ki o "Cevşen"i boynuma takınca bir rahatlama, bir hafiflik hissettim. Heyecanım yatıştı, çok da iyi bir sınav geçirdim. "Herhâlde psikolojik bir etki" diyerek üzerinde durmadım. Hani insan bir şeye inanırsa onun faydasını görürmüş ya öyle bir şey olmalıydı.

ÜÇÜNCÜ BÖLÜM

ACIMASIZ TUZAKLAR İÇİNDE ÜNİVERSİTE YILLARIM

Bölümün Özeti

Güçlü bir kişi olabilmek, bana acı çektirenlerden intikam alabilmek için gittiğim İstanbul'da, yine ihanet tuzaklarının avuçlarına düşmüştüm.

Sonrası malum...

Ben anlatmaya dayanamıyorum. Siz de eminim ki okumaya dayanamayacaksınız.

ARTIK HUKUK ÖĞRENCİSİYDİM

SINAV SONUCU müthişti. İstediğim, hayalini kurduğum okulu kazanmıştım; İstanbul Üniversitesi Hukuk Fakültesi.

Bu hayatımın devrimiydi. İlk kez bu kadar mutlu oldum ve sevincimi gece, gündüz çığlık çığlığa herkesle paylaştım. Artık büyük insandım, üniversiteli olmuştum; üstelik de bir hukukçu. "Sizin canınıza okuyacağım, haksızlar, ikiyüzlü insanlar, ben geliyorum" diye bağırıyordum.

Bundan böyle kimse beni yetiştirme yurdu öğrencisi, kimsesiz gibi hafife alamayacaktı. Çok istediğim, hayallerimi süsleyen şehre, İstanbul'a gidecektim. Hiç görmemiştim; ama bütün devrimci arkadaşlar oradan gelir, oradan bahseder ve oradaki çalışmaları anlatırdı.

Peşimde artık dar çevrenin sıradan insanları koşmayacak, beni rahatsız etmeyecek, entelektüel bir çevrede, sınıf atlamış olacaktım.

İlk kez hayal kurmaktan dolayı, mutlu oluyordum. Ezilmişliğimi, horlanmışlığımı ve kimsesizliğimi ilk kez unutuyordum. İnsanlara hak, adalet ve eşitlik dağıtan bir hukukçu olmak... Ah! Ne güzeldi. Düşünmesi bile büyülü, rahatlatıcı. Sonra da uluslar arası, popüler bir hukukçu olmak; mahkeme salonlarında çınlayan, gürleyen ve adalet dağıtan bir sesin sahibi olmak, kimsesizleri, ezilmişleri savunmak, onların hakkı ve hukuku için mücadele etmek...

Sahi bu olur muydu? Olmasa da önemli değildi. Hayalini kurarak bunun keyfini çıkarmak bile insanı sevinçten uçuruyordu, bu da yeterdi, bana...

Artık beni İstanbul şehrinin ve *Hukuk Fakültesi*'nin büyüsü sarmıştı. İlk kez bütün acılarımın dindiğini hissediyordum.

Bütün bu hayalleri kurarken bir gece rüyamda hiç tanımadığım, resmini bile bulamadığım annemi gördüm. Yeniden duygu sağanağına yakalanarak gözyaşlarım başladı akmaya. "Bir an kötü günleri unuttum" derken bu da nereden çıkmıştı?

"Seni özledim, evladım. Neden beni ziyaret etmiyorsun?" diyordu.

Çok şaşırmıştım. Ölen insan toprak olur. Biz de öleceğiz. Peki, bu rüyama giren ve beni çağıran kimdi? Herhâlde bilinçaltımdaki duygular, yeniden alevlenmişti.

Kendimi yokladım. Evet, gitmem lazımdı. Gidip annemle dertleşmeliydim. Sevincimi paylaşıp köyümü görmeliydim. Galiba içimde, hâlâ üzerini örtemediğim bazı garip inançlar vardı. Demek, ne kadar devrimci, ne derece ateist olsam da içten içe kök salmış "iman etme" ihtiyacının önüne geçemiyordum.

Köyümü en son, kardeşimin cenazesinde görmüştüm. Tam tamına, on yıl olmuştu. Küçücük çocuktum. Şimdi ise genç bir kız oldum. Zaman nasıl da akıp geçiyordu.

Gideyim, ama nasıl? Cebimde iki ekmek parası vardı. Yokluk ah! Ne olur bir gün de lazım olduğun zaman bulun, ne olur... Bir gün de dostluk yüzünü göster.

İsteğimi, hayalimi tam içime gömüyordum ki yanımda Emine göründü. Elinde bir zarf vardı. Bu onun her zamanki huyuydu. Açıktan para vermezdi. İtiraz ettiğim zaman da mazereti hazırdı:

"Anneme bir komşu getirip vermiş, senin için."

Biliyorum. Komşu falan değil. Her ay babası beni takviye ediyor, para gönderiyordu. Ne kadar dürüst ve yardımsever insanlardı bunlar! İpi kopuk bir kızın ardından, öz evlatları gibi titriyorlardı. İyi; ama niçin? Bu onların inançları gereğiydi. Yardım etme, yoksulu doyurma, garibanı kollama... Çok dürüst bir aileydi. Devrimci olmasalar da bizden dürüstlerdi.

Çaresiz aldım.

Okullar açılmadan önce, annemi ziyaret etmeliydim. Hemen karar verdim, yarın yola çıkacaktım.

Sabaha kadar annemi, babamı ve kardeşimi düşündüm. "Siz öldünüz kurtuldunuz. Ben de yanınızda yatıyor olsaydım bunca acıları yaşamazdım. Ne yapayım. Ölmeyi çok istedim; ama ölemedim işte. Gelip toprağınızı koklayayım. Yaşadığınız yerdeki anılarınızla konuşayım."

Ah, bu ölüm! Ya sen olmasaydın ya da biz...

KÖYDEKİ SON AKRABALARIM DA ÖLMÜŞTÜ

ANNEMİN MEZARINI ziyaret etmek için nihayet yola çıkabilmiştim. On saatlik bir seyahat olacaktı. Şehre indikten sonra da iki saatlik bir köy yolculuğu...

Bütün bunlara, annem, hayattaki tek erkeğim, arkadaşım, sırdaşım, abim için... Seve seve katlanacaktım.

Anne ah şu kızını karşılasaydın! Ah, şu sevgi dolu kucağını açsaydın! Başımı mis gibi kokan tenine dayasaydım. "Anne, bırakma beni!" diye sarılıp ağlasaydım. Ne olurdu ah! Ne olurdu!

Ben bu gurbet ile düştüm düşeli,
Her gün biraz daha süzülmekteyim.
Her gece, içine mermer döşeli,
Bir soğuk yatakta büzülmekteyim.

Böylece bir lahza kaldığım zaman,
Geceyi koynuma aldığım zaman,
Gözlerim kapanıp daldığım zaman,
Yeniden yollara düzülmekteyim.

(Necip Fazıl Kısakürek)

Köye bir öğle üzeri kavuşmuştum. Yorgun, bitkin...

On yıldır hiç haber alamadığım iki yakın akrabam vardı: amcamın eşi ve halam.

Köyümüz küçülmüştü. On yıl içinde yarıya yakın insan başka şehirlere göçmüşlerdi. Tanıdık sima yok gibiydi. Yalnızca giysilerime ve giyiniş şeklime ters ters bakan yaşlı birkaç insan görüyordum, yıkık evlerin arasında.

Akrabaların evlerini hatırlıyordum. İlk gittiğim ev, halamın evi oldu. Kapı kilitli, ev çoktan terk edilmiş. Yaşlı bir amcayla karşılaştım, ona halamı sordum.

"Tanımaz mıyım, Gülizar Hanım'ı?" dedi. Dünya ahiret kardeşim olsun. Çok iyi bir hanımdı. Sizlere ömür evladım.

Bir şok da orada yaşadım. Demek halam da ölmüştü. Ailemin son yadigârı. Ölsünler o doğru insanlar; doğruların bu dünyada işi ne zaten. Hepten eğrilere kalan dünyada, doğrulara yazık oluyor; çünkü.

Ölüm haberini alınca içimden bir şeyler koptu. Ah, bu ölüm, seni nasıl öldürsem, seni nasıl ortadan kaldırsam sen en sevdiklerimi elimden alıp götürüyorsun. Bari beni de al da kurtar bu rezillerin at koşturduğu dünyadan...

ALLAH SENİ ISLAH ETSİN

YAŞLI AMCANIN gözü beni tutmamıştı.

– Sen kimin, necisin, diye sordu.

Babamın adını söyleyince köye kadar yayılan kötü ünümden dolayı:

– Anladım, anladım, dedi. Sen şu kayıplara karışan kızsın. Ne diyeyim, Allah ıslah etsin.

Duymuştu bir şeyler; belki de yaşadığımdan daha fazlasını... Çünkü kötü haber tez ulaşır. Benim için neler dendiğini tahmin ediyordum. Ben bu köy için iyi bir kız değildim. Hatta bu köyün lanetli insanlarından birisiydim.

İhtiyar devam etti:

– Baban da annen de iyi insanlardı; hele annen melek gibi bir hanımdı. Kalbi imanlı, dili Kur'an'lıydı. Köyün genç kızlarını okutur, onlara dinini, diyanetini öğretirdi.

Almıştım, yaşlının ince mesajını... İyi bir babadan, dindar bir anadan böyle bir kız nasıl türerdi?

Sen hem ailenin hem de köyümüzün yüz karasısın, demek istiyordu.

Galiba yaşlı, kendine göre haklıydı. Annem hayatta olup da beni bu hâlde görseydi farklı bir şey söylemezdi.

Ah, annem ah! Sen hayatta olsaydın. Senin hatırın için bile olsa Kur'an okur, namaz kılardım. Senin yokluğun gün geçtikçe burnumda tütüyor. Bu hasretlik çok başka bir acı. Sen gelemezsin biliyorum; ama ben sana geleceğim. Bu hayatla asla dost olamam. Geleceğim hem de çok yakında...

Bu dünyada en rahat yer mezarlıktır. Bari orada ikiyüzlü mahlûklar peşimde dolaşmaz, onurumla, gururumla oynamazlardı.

Kafamda bütün bunlar gezerken yaşlı amcamın soruları da devam ediyordu.

– Şimdi ne yapıyorsun kızım?

– Liseyi bitirdim. Hukuk Fakültesi'ni kazandım.

– Yani hâkim, savcı mı olacaksın?

– Evet.

Yaşlı amca büsbütün şaşırdı.

– Hay Allah! Dünya kimlere kaldı?

Döndü yürüdü. Ardından seslendim.

– Amca! Bir dakika...

Durdu.

– Bu köyde benim amcam ve yengem de olacaktı?

– O da gitti, o da gitti, diye eliyle bir tarafı gösteriyordu. Herhâlde o taraf mezarlık olmalıydı.

Demek onlar da gitti ha? Demek bu köyde hiç kimsem kalmadı öyle mi?

Çaresiz mezarlığa doğru yöneldim. Can dostlarım, sevdiklerim, dünyamın huzuru, kutsal varlıklarım orada yatıyordu.

Duymayacaklardı benim geldiğimi. Olsun; ben topraklarıyla, taşlarıyla, üzerlerinde biten otlarıyla konuşup dertleşecektim ya, bu da yeterdi.

Mezara doğru yöneldiğimde, beni müthiş bir heyecan, garip bir ürperti ve içimi titreten bir duygu kapladı. Sanki bilinmez bir dünyanın çekim alanına giriyordum.

Bir an kafamdaki bütün düşünceler boşaldı. Etrafımdaki her şey benimle beraber mezaristana yöneldi. Görülmeyen esrarlı bir el, arkadan beni itiyor, önden de biri çekiyordu.

Âdeta sürüklene sürüklene gidiyordum, büyülü bir âleme doğru.

Bugüne kadar hissetmediğim, anlaşılmaz bir duyguyla ilerledim; içimde bir an çıkaramadığım, ailemin mezarlarına doğru. Üç mezar yan yana; annem, babam ve kardeşim.

Bir yığın toprakla, bir parça mermer,
Üstünde yazılı yaşınla, adın;
Başucunda matem renkli selviler,
Hüznüyle titreşir; sanki hayatın.

Seni gömdük anne yıllarca evvel,
Gözyaşımızla bu sessiz yere,
Kimsesiz bir akşam ziyaya bedel,
Matem dağıtırken hasta kalplere...

(Ahmet Hamdi Tanpınar)

Yanlarına diz çöktüm. İçimi sihirli bir duygu kapladı. Kendimi bir anda, hüzün denizinde çaresiz çırpınışlarla boğuşurken buldum. Bu esrarengiz atmosferin dayanılmaz baskısına daha fazla direnemedim:

"Ne olursunuz beni de alın" diye ağlamaya başladım, mezarlarını kucaklayarak. "Yalnız kaldım, görmüyor musunuz? Sizsiz yapamıyorum ben. Alın da tamamlayın şu sayıyı. Size hasretim, sizi çok özledim. Hayatın acımasız çarkları, beni bu hâle getirdi. Daha fazla kirlenmeden, daha fazla bunalmadan al şu bebeğinizi alın, ne olur?"

Ne kadar ağladığımı, ne kadar içimi döktüğümü hatırlamıyorum. Annemin kabrinin üstüne uzandım. Onun sinesine, onun şefkatli kollarına sığınmak, onun pamuk elleriyle beni okşamasını istiyordum. O sıcaklığı, o şefkati arıyordum. Çünkü bu duyguyu hiç yaşamadım.

ANNEMİN MEZARINDA KENDİMİ KAYBETMİŞTİM

ARADAN NE KADAR geçti bilmiyorum. Feryat figanlarım, gözyaşlarım, kendimi bitirmişim. Sesim çevreden duyulmuş olacak ki bir kadın sesiyle kendime geldim.

– Yavrum, mezarda ağlamak iyi değil, kendine gel.

Zorla doğruldum.

Arkamda bir erkek, bir de bayan ayakta dikiliyorlardı. Kadın omuzlarımdan tuttu, kalkmama yardımcı oldu.

Yaşlı gözlerime, mahzun, samimi ve dostluk dolu bakışlarını çevirerek:

– Kimsin evladım, dedi. Seni hiç buralarda görmedik. Bu mezarlar rahmetli Melek Ahsen'le, Davut Efendi'nin olacak. Sen onların nesisin?

Demek ki köyde anneme "Melek Ahsen" derlermiş. Adı Ahsen'di; ama anlaşılan köylüler annemin iyiliklerinden dolayı Melek adını da eklemişlerdi.

– Kızıyım, diyebildim, zorla, utanarak ve mahcup bir eda içinde...

– Ah, yavrum, diye beni bağrına bastı. Sen garip ellerdeki Aysel'sin öyle mi?

Başımı salladım.

– Haberin iyi gelmiyordu. Kötü kızlara arkadaş olmuş,

derlerdi. İnanmadık tabii. Böyle mübarek bir anneden kötü bir kız... Hiç olur mu böyle bir şey?

Ah, olmaz olaydım! Böyle bir anneyi lekelemek, affedilir bir şey değildi. Doğru duymuş bu köylü kadını; ama nezaketinden dolayı yüzüme vurmak istemiyordu.

– Maşallah çok da tatlı bir kız olmuşsun. Haydi toparlan şöyle...

"Siz kimsiniz?" gibilerden gözlerine baktım bir an... Derhâl anlamış olacak ki hemen kendini tanıttı.

– Ben bu köyün imamının eşiyim. Yanımdaki de İmam Efendi.

İmam Efendi de başını salladı.

– Ben rahmetli annene yetiştim. Çocukken ondan Kur'an dersi aldım. Allah razı olsun, mekânı cennet olsun.

İmam Efendi'nin eşi koluma girdi:

– Gel kızım, uzun yoldan gelmişsin, eve gidelim de biraz istirahat eyle. Sonra konuşuruz birlikte.

Şu işe bakın ki herkes kötü gözle bakarken bana, İmam Efendi ve eşi sahip çıkıyordu. Din ve din adamlarına karşı oluşumun inadına, güler yüzlü bir imam, bir abla kadar içten ve sıcak eşi. Tekliflerine "hayır" diyemedim. Sanki bilmediğim bir kuvvet beni onların himayesine zorlamıştı. İyi niyetli, bu iki insanla evlerine geldik; ama her zamanki gibi şüpheciliğim üstümdeydi. Bu insanlarda da art niyet arıyordum. Çünkü toplum beni bu gözle bakmaya alıştırmıştı. Daha da önemlisi Türk filmlerinde izlediğim imam rolü de içimde olumsuz bir hava oluşturmuştu.

Sade, temiz, tertipli bir evdi. Küçük bir bahçesi vardı; iki de çocukları. Birisi liseye başlamış, diğeri ortaokula; ikisi de süper çocuklardı. İmam Efendi ve eşinin evinde anlayamadığım, adını koyamadığım bir huzur buldum. Davranışlarından, insanı etkileyen garip bir enerji yayılıyordu. Bu insanlar gerçekten ne kadar dürüst ve iyi niyetlilerdi. Yaşadığım çevredeki insanlarla asla kıyaslanamazdı, hele bizim devrimci grupla hiç mi hiç...

İşte böyle zamanlarda işin içinden çıkamıyordum. Devrimcilerle birlikte olmamın kendime göre gerekçeleri vardı. Hak, adalet, eşitlik gibi kavramları bayraklaştırmış olmalarıydı. Dindarlara karşı olmamın temel nedeni ise bir ateist oluşumdu; ama çok zaman da düşünmeden edemiyordum. Hak, adalet, eşitlik gibi temel insan haklarını savunanlardan niçin hep zarar görmüştüm? Neden bu tip insanla, dünyamı karartmış, beni benden almışlardı. Tabii ki bazı devrimcilerin hataları, bütün devrimcilere mal edilemezdi; ama bana hiç mi dürüst rastlamıyordu. İtiraz ettiğimde "Senin namus saplantın var kızım" diyorlardı. "Namus dediğin şey, feodal takıntıdır. Çağdaş dünya bunu aşmıştır."

İşte bunu bir türlü içime sindiremiyordum. Dört evliliğe karşı olan devrimci dostların, her gün birileriyle düşüp kalkmalarına bir anlam veremiyordum. Bazan "Böyle devrimci olmaz" diye, kendimden geçiyordum.

Karşı olduğum, fikirlerini paylaşmadığım dindar kesim ise hep karşıma dürüstlük ve yardımseverlik abidesi gibi çıkıyorlardı.

İmam Efendi ve eşi bana öylesine değer verip öylesine ağırlıyorlardı ki hayatımda böyle bir nezaket, böyle bir davranış görmemiştim. Benimle ilgili birçok şeyi bildikleri hâlde hiç oralı olmuyorlar, sanki dünyanın en ciddi ve en namuslu kızıyla konuşuyorlardı.

Hanımın ısrarıyla köy usulü banyolarında bir güzel temizlendim. Sonra da beni bir odaya aldılar. Güzel bir uyku çektim. Kalktığımda ise prenseslere layık bir sofra kurmuşlardı. Neler yoktu ki! Doğrusu çok duygulandım, çok etkilendim. Sanki bana hayat dersi veriyorlardı. Bu keşmekeş, bu pis hayatın içinde melekler kadar masum ve temiz insanların varlığı beni şaşırtıyordu.

RÜYAMDA AİLEMİ CENNETTE GÖRDÜM

O GECE inanılmaz bir olay yaşadım. Bugün bile hâlâ etkisinde kaldığım, çözemediğim, bilimsel bir açıklama getiremediğim bir olay; yani bir rüya...

Rüyalara hiç inanmam ben. Aslında çok da öyle ciddi rüyalar da görmem. Abuk sabuk rüyalarım olur, gülüp geçerim; ama bu rüya çok farklıydı.

Kendimi toparlayıp anlatmaya çalışayım:

İmam Efendi ve eşi, iki odalı evlerinin bir odasını bana verdiler. Mis gibi toprak kokan, tertemiz odada tek başıma, gürültüden ve ihanetlerden uzak bir uykuya daldım. Belki de hayatımda bu kadar rahat ve tatlı bir uykuyu ilk defa tadıyordum.

Yere bir yatak serildi. Çarşafı, yorganı, yastığı, her şeyi tertemizdi. Ne yazık ki o tertemiz yatakta benim gibi günahkâr bir kız.

Hele iki de bir hanımın, "Bir ihtiyacın var mı? Bir şey istiyor musun?" diye, soruşları yok mu? Hay Allah! Siz bu kadar nezaketi nasıl öğrendiniz? Fakülte bitirenler, bilim adamı olanlar, kulaklarınız çınlasın; bu köylü insanların davranışları, nezaket dersi olarak okutulmalı bence. Bu kadar sıcak ilgi karşısında sıkılıp utanıyor, hatta küçülüyordum.

Derin bir uykuya daldım. Dalar dalmaz da o ürpertici, inanılmaz rüyayı gördüm.

Hiç bilmediğim, tanımadığım bir şehirdi. O kadar muhteşem, o kadar göz alıcı bir yer ki yemyeşil bahçelerin içinde villalar vardı. Ne sokaklarda pislik ne de insanı rahatsız eden bir karmaşa; tam bir huzur kentiydi.

Böyle inanılmaz bir güzellik içinde kendimi bulunca, hiç tanımadığım bir yer görünce burayı çok merak ediyor, kendi kendime yorum yapıyordum. Burası "Türkiye'de bir yer olamaz" diyordum. Çünkü böyle temiz, düzenli ve güzelliğe sahip şehrimiz nerede? "Avrupa'da böyle bir şehir olabilir mi?" diye düşünürken bazı villaların kapılarındaki Arap harfleri dikkatimi çekti. Bilmediğim için ne yazdığını da okuyamıyordum; ama kuvvetli bir yorum getiriyordum. "Burası bir Arap şehri olmalıydı!" Fakat duyduklarıma göre kuraklığın hüküm sürdüğü Arap şehirleri de böyle yeşillikli, sulak ve pırıl pırıl değildi.

Küçüklüğümden beri şuur altına yerleşmiş olan "Cennet" kavramı geldi aklıma. Din dersi öğretmenlerimizin anlattığı Cennet burası olmalı diye düşünmeye başladım; ama bu fikrimden kısa zaman sonra vazgeçtim. Çünkü benim materyalist dünya görüşüme göre insanlar ölünce toprak oluyordu. Cennet ve Cehennem yok ki (hâşâ)... Rüyamda bile bu iki zıt görüş beni rahatsız ediyordu.

"Cennet" gibi bir yerde olduğum kesindi.

Şehrin tertemiz yollarından, köprülerinden, sularından geçiyordum. Karşılaştığım insanlardan bilgi alacaktım; ama hiç kimse bana bakmıyor, benimle konuşmuyordu. O kadar temiz, düzgün kıyafetli, pırıl pırıl insanlardı ki... Nereye baksam şaşırıyor, hayretimi gizleyemiyordum.

Nereden geldiğini fark edemeden bir anda kardeşim çıkmıştı karşıma. Şaşıp panikleyerek, "Abi" diye sarılmıştım, doyasıya... Çünkü abime, yaşımız birbirine yakın olduğu için hep adını söylerdim.

O da bana yurttaki erkeksi ve gururlu tavrını bir tarafa bırakarak "Aysel" diyordu, şefkat dolu bir sesle... Bu öyle bir sarılmaydı ki abimin mis gibi kokusunu duyuyordum ta içime siniyordu bu koku. Yine her zamanki gibi o dirayetli ve cesur tavrıyla...

– Ağlama Aysel, dedi. Gel seni anneme götüreyim.

– Annem de mi burada, diye atıldım. Burası neresi?

Cevap vermiyordu. Yalnızca:

– Seni anneme götüreceğim, diye tekrarladı.

Abim önde, ben arkada âdeta yürümüyor, sanki uçuyorduk. Evet uçuyorduk. Çünkü ayaklarımız yere değmiyordu. Hani Türk filmlerinde buna benzer sahneler vardır ya tıpkı onun gibiydi.

Kardeşimle kanatlanmış bir kuş gibi, o uçsuz bucaksız büyüleyici şehri ne kadar turladık, bilemiyorum.

İnanılmaz güzellikler içinde, büyüleyici bir sarayın önüne geldik, durduk. Hiçbir şey sormadan abimi takip ediyordum; hayretimden düşüp bayılacağımı sanarak... Böyle bir sanat şaheseri, böyle bir ihtişam görülmemişti. Sarayın bahçesine girerken de ben sormadan açıklama yapıyordu, kardeşim.

– Burası bizim, diyordu. Annem de içeride...

İnanamıyordum, şok içindeyim. Yıkılmak üzere iki odalı toprak evden paha biçilmez saraya ha...

– Burayı nasıl aldınız, diye sordum.

Cevap vermiyordu.

Nihayet bir kadın çıktı karşıma...

Kardeşimin, "Bu annem" demesine gerek yoktu.

Hayalimdeki annemin yüz hatları, boyu, teni, güzelliği hep aynıydı; yani ben gerçek annemi hayal etmişim.

Kollarına bırakıyordum kendimi. İçimi huzur saçan, yüreğimi yerinden söken bir "anne" sesiyle... Hasretim bu sese, bu kokuya, bu şefkate, bu kucağa...

– Yavrum! Aysel'im, diyordu. İçimi ısıtan, bütün acılarımı dindiren bir ses tonuyla.

Ağlıyordum. Hiç susmamak üzere ağlamak istiyordum. Bu yaşa kadar bu hayal ile avunmuştum. "Olsaydı da beni dövseydi, saçımdan sürüseydi, en acı sözleri söyleseydi" dediğim annem buydu.

Başımı, olabildiğince göğsüne bastırıyordum. Olabildiğince hasret kaldığım mis gibi annelik kokusunu ciğerlerime dolduruyordum.

Ah, annem, rüya da olsa, hayal de olsa bu buluşmanın, bu sarılmanın lezzetini ne verebilirdi acaba?

Ama bu rüyaydı işte. Şuur altından bir anda ortaya çıkıveriyor, bir ışık hızıyla da geçip gidiyordu.

– Sana iki emanet bıraktım Aysel'im, dedin annem. Onları gözün gibi koruyup, sahipleneceğinden eminim. Evimizde küçük cam sandığın içindeler. Onları al, ebediyen sende kalsın. Onlara çok iyi bak olur mu?

– Babam nerede, diye sordum.

– O daha henüz gelmedi. Biz kardeşinle kalıyoruz. Onun hesabı uzun sürdü, hâlâ bekliyoruz. İnşallah hesabını verir de o da gelir.

O anda uyandım. Yatağın içinde sırılsıklam olmuştum. Kendimde değildim. Feryat, figan içinde inliyordum.

İmamın eşi, sesimi duymuş olacak ki yardımıma koşup geldi. Bir anne gibi beni kucaklayıp bağrına bastı.

– Hayrola Aysel?

– Yok bir şey abla, bir rüya gördüm.

– Hayırdır inşallah!

– Sizi de rahatsız ettim, değil mi?

– O ne biçim söz. Rahatsızlık da ne kelime; zaten sabah olmuştu. Hoca Efendi camiye gitti. Ben de namaza kalkmıştım.

Ne kadar iyi insanlardı bunlar. Siz hangi asırda kaldınız,

bilmem ki. Birbirlerine karşı da çok saygılılardı. Konuşmalarını ilgiyle izlemiştim. Hoca, eşine "Hanım Efendi" diyor, hanım da beyine "Hoca Efendi" diye sesleniyordu; ama ses tonları o kadar nezaketliydi ki kıskanıyordum bu mutlu aileleri; böyle bir ortamı görmediğim için bu duygu uyanıyordu.

Tekrar yattım.

Uyku ne gezer. O rüyanın her saniyesini belki yüzlerce kez yeniden yorumladım. Kardeşimle, annemle kucaklaşma sahnesi... Bir ömre değil, bin ömre bedeldi. Sanki mis gibi kokuları sinmişti içime. Her nefes alışta, aynı kokuyu duyuyordum. Bu gün bile zaman zaman annemin o kokusunu duyduğum oluyor.

Sabah olunca ilk fırsatta evimize koşup annemin bana bıraktığını söylediği iki emaneti alacaktım; ama korkardım o yalnız evde... İmamın eşi de gelirse birlikte gidebilirdik.

Peki, babam niçin yoktu? "Ne demekti, onun hesabı uzun sürdü?" Annemin bu sözünden bir şey anlamıyordum.

Bu yorumu İmam Efendi yaptı.

"Sizi tebrik ederim kızım, dedi. Bu gördüğüm rüya Rahmanî'dir. Yani gerçek rüyadır. Orası da Cennettir. Annen ve kardeşin Cennetlik olmuşlar. Demek ki babanın verilecek daha hesabı var."

Evet, kendine göre bir yorum. Gerçek olmasa da bunu duymak bile güzel. En azından annemin, kardeşimin huzura ermiş olduğunu bilmek rahatlatıcıydı.

İmam Efendi anlattığım bu rüyanın çok etkisinde kalmışlar. Eşiyle birlikte ağlamaya başlamışlardı. Belki de onlar işin bilincinde oldukları için, duygulanmışlardı.

Hocam yine kesmek zorundayım. İkaz edildim, şu suratsız hemşire tarafından... Elektrikleri söndürüp yatmam gerekiyor. Yarın zor bir gün olacakmış. Yine bir sürü film, tahlil vs...

Yazdıkça dinlendiğimi, rahatladığımı ve bunca moralsizlik

içinde moral bulduğumu itiraf edeyim. Onca olumsuz sonuçlara rağmen... Çünkü yine sonuçlar berbat geldi. Hızla yayılan hastalık... Karaciğer iflas etmek üzere... Kanser bütün vücuduma yayılıyor. Derinden derine bir direnç düşüklüğü, bir bitkinlik hissediyorum. Neyse, duygu sömürüsü yapmayayım.

EVİMİZDE, ANNEMİN BIRAKTIĞI EMANETİ ARIYORUZ

Yine Sabah... Kaldığım yerden devam ediyorum, hocam.

BİRLİKTE EVİMİZE gittik. Bizi gören birkaç köylü de etrafımızı sarmıştı. Herkes bir şeyler soruyordu. Bazısı saçma sapan bazısı iğneleyici bazısı da merak gidermek için konuşuyordu.

Köyde, köylüler arasında yıkılmış, terk edilmiş toprak evimizdeyiz. Bütün eşyalar duruyor; hepsi toz toprak içinde kalmış. Kimse elini sürmemiş. Tavan yer yer çökmüş. Duvarlarda ise açılma olmuş. Köylünün biri buna bir yorum getirdi: "Bu kesin çöker, bari eşyalar kurtulsaydı."

Eşya demek doğru ise... Annemin yadigârlarıydı onlar. Bütün dünyası burasıymış. Her yere dokunduğunu, her yere bastığını bilmek; beni çok etkiliyordu. Ah, annem! Bunlarla mutlu olmasını başarmıştın sen. Şimdi çok imreniyorum sana, çok...

En acı çaresiz günümde benim,
Sen oldun hep bana yâr, anneciğim.
İçimdedir hâlâ sıcak şefkatin,
Sen yine sevginle sar anneciğim.

Düşündüm dün seni, doldu gözlerim.
Ağlamak istedi, durdu gözlerim.
Seni hep yollardan sordu gözlerim.
Senden ayrı kalmak zor anneciğim.

Başka bir köylü söze karıştı:

"Rahmetli halana çok söyledik. Bu eşyalar zayi olmasın, diye. El sürmedi. Ölene kadar gelip baktı, temizledi, evi korudu. Ölünce de böyle oldu işte."

Bazı konuşmaları da duymuyordum; çünkü benim beynim annemin hatıralarına kilitlenmişti. Hele bıraktığını söylediği iki emanet. Neydi onlar? Onları arıyorduk. Köylünün bundan haberi yoktu tabii. İmam Efendi, eşi ve ben...

İlk odada camlı sandığa rastlayamadık. İkinci odaya girer girmez, eskimiş ağaç divanın yanında gözüktü. Camı kırılmış küçük bir sandık. Annemin yadigârı... Belki de gelinlik çeyiziydi bu. Camlı sandığı görünce yine heyecan bastı beni. Titremeye başladım. İmam Efendi'nin eşi, koluma girdi. Oturdum olduğum yere, ağlayan gözlerim değildi yalnız, içim, yüreğim, kalbimin her noktası kan ağlıyordu âdeta.

İmam Efendi sandığı açtı. İçinden yalnızca iki kitap çıktı:

"Birisi Kur'an-ı Kerim" dedi İmam Efendi. "Ne kadar da eskimiş." Diğeri de *Sözler* isimli bir kitaptı; yani Said Nursî'nin eseriymiş. Annemin "iki emanet" dediği bunlar ha!

Büyük bir sürpriz oldu. Doğrusu böyle bir şey beklemiyordum. Çünkü böyle şeylerle dünyam barışık değildi. Olsun. Annemin emaneti ya onlar benim için kutsal şeylerdi. İmam Efendi Said Nursî'yi anlattı ayaküstü.

"Ülkemizin yetiştirdiği çok kıymetli bir âlim, bir eğitimci" dedi. "Kitapları bütün dünyada ilgi görüyor. Gençler bu kitaplarda kendilerini buluyor."

Benim de aradığım çok şey vardı. İnşallah ben de aradığımı bulabilirdim.

İMAM EFENDİ HUKUK MEZUNUYDU

İMAM EFENDİ, bu kitapları Hukuk Fakültesi'nde okurken tanıdığını anlattı. Çok yararlanmış, çok faydasını görmüş...

"Ufkumu genişletti, kalbimdeki birçok şüphe ve endişeyi giderdi," dedi.

Demek İmam Efendi hukuk mezunuydu ha! Hem imam hem hukuk mezunu hem de inanılmaz nezaketli ve sevecen bir insan.

Anlamıyorum, bunalıyorum, bazan. Bu dindarları bir türlü çözemiyorum. Her fırsatta beni şaşırtmaya devam ediyorlar. Neyse, yine taktım kafama...

O gün de bırakmadı imamın eşi beni. Bütün misafirperverliğini, ilgisini ve sevgisini vererek bol bol sohbet etti benimle.

İmam Efendi, çok bilinçli, çok kültürlü bir adamdı. Bütün din adamları böyle olsa ne ateistlik olur ne de toplum karmaşası. Bir psikolog gibi insana yaklaşıyor, problemleri hoşgörüyle ele alıyor, cevapları da damara dokundurmadan, inatlaşmaya dökmeden sunuyordu. Bu metoda yalnız imamların değil, özellikle de öğretmenlerin ihtiyacı vardı. Eğer eğitimciler, çocuk ve gençlik psikolojisinden anlasalardı, ne okuldan kaçan olur, ne de okumaya çocuk yaşta veda edenlerdi.

Dayakla, küfürle, tehditle insan eğitilir mi? Bir çocuğun, bir gencin gönlüne girerek onun sevgisini kazanma yolları bilinirse problemli insan kalır mı? Tıpkı İmam Efendi'nin yaptığı gibi...

Konuşmamız sırasında bir ara sinirlendim:

"Çağ dışı insanlar, yobazlar bizleri bu hâle getirdi. Bırakmıyorlar ki insan gibi yaşayalım" dedim.

Maksadım din adamlarına yönelik değildi. Bizim burnu havalarda insan değeri bilmeyen yobaz dostlarımdan bahsediyordum; ama sözün gelişi, farklı anlaşıldı.

Bir ara İmam Efendi ve eşiyle göz göze geldim. İkisi de hiç tepki vermedi. Ben de yaptığım hatayı fark ettim. Düzeltmek istedim; ama nereden başlayacağımı bilemedim.

İmam Efendi, son derece nazik bir eda ile:

"Aysel kızım, sana bir şey demeye hakkım yoktur," dedi. "Bizler suçluyuz. Doğru söylüyorsun. Biz din adamlarının, her hâlimizle, her hareketimizle örnek olmamız gerekiyor. Bizlerin yanlış yapma lüksü yok. Bizler çok bilen, çok okuyan, ama doğruları, davranışlarıyla sunan insanlar olmalıyız."

İmam Efendi gereğinden fazla alçak gönüllüydü. Bu yaklaşımı beni daha da mahcup etmişti.

Annemin emanetlerini yanımda taşımaya cesaret edemedim. İşin doğrusu kendimi layık görmüyordum. Kirlenmiş, bitmiş, moral değerleri altüst olmuş bir kızın Kur'an-ı Kerim'i taşıyabilme lüksü yoktur.

İmam Efendi'ye ricada bulundum. O da bu emanetleri almayı kabul etti.

"Sende kalsaydı çok daha iyi olurdu" dedi. "Bu emanetler sana güç katar, direnç verirdi." Ama annesiyle hatıralarını en güzel bir şekilde koruyacağımdan emin olabilirsin."

Uğurlarken, bir ara İmam Efendi'nin eşinin eli, benim çantama girdi. Bu da Anadolu insanına has bir nezaket örneğiydi. Bir şey koyduğunu fark etmiştim. Daha sonra baktım ki bir miktar para bırakmış. Bir de not:

"Sen Melek Abla'nın emanetisin. İnşallah sen de Cennete layık olursun. Her sıkıntında, yanında olmak istediğimizi unutma. Bizler seni çok sevdik."

Gözlerim doldu. Ne kadar iyi insanlardı bunlar, bu kadar iyi olmak gerekli miydi? Doğrusu bir tarafımı da siz aldınız. Orada bıraktım. Umarım ki sizleri arayacak kadar saf ve temiz bir yanım hâlâ kalmış olsun; ama nerede? Toplumu zehirleyen gözü dönmüş barbarlar bende temizlik mi bıraktılar.

Yola çıktım. Artık bu huzur dolu tertemiz evde kalamazdım. Zaten kendimi bir iğreti gibi hissediyordum. Pırıl pırıl, pak ortamı daha fazla kirletmeye hakkım yoktu. Yine buz gibi yüzlere, kalleşçe planlara, menfaatlerin her şeyi yerle bir ettiği ortama kaçıyordum. Mutsuzluğa alışmış bir insan, mutluluğu tatmasını da beceremiyordu.

Beni bekleyen kurtlar sofrasının ürperten zalimliğinden haberim yoktu.

İSTANBUL'DA AMANSIZ BİR SAVAŞTAYDIM

İSTANBUL...

Evet, İstanbul'dayım artık. Bir hukuk öğrencisi olarak dünyayı düzeltmeye çabalayacak, büyük emelleri, büyük amacı olan yalnız, tek başıma biriydim.

Emine de Ankara'daydı. O da Tıp Fakültesi'ni kazanmıştı. Biliyorum onun geleceği parlaktı. Kendini taşımasını bilen ve tehlikeyi sezen, akıllı bir kızdı. Fikir dünyasını, ideolojisini beğenmesem de bu bir gerçekti. Ya ben?

Bulanık, zikzaklı ve zifiri karanlıklarla dolu bir gelecek beni bekliyordu. Zaten burnumun ucunu göremeyecek kadar ileri görüşlü de değilim. Her ne kadar ilerici, devrimci nutukları söylesem de... Emine ve ailesi bana çok ısrar ettiler. "Seni emin bir yere yerleştirelim. Orası İstanbul, her taraf tehlike içinde, sokaklar tekin değil. Yalnız başına zorlanırsın" diye.

Ben ne dedim: "Hayır; geleceğimi ben belirleyeceğim. Gücümü kuvvetimi ispat edeceğim. Kimsenin işime karışmasını istemiyorum."

Devlet yurduna yerleştim; ama benim adım, benim ünüm, benden önce gelmişti bile. Etrafımı bir sürü hayata boş vermiş genç sardı yeniden. Bu, daha ilk günde amansız bir savaşı işaret ediyordu.

İlerici, aydınlıkçı, özgürlükçü, emekçi daha ne varsa hepsi; meğer ben neymişim böyle. Bulunmaz bir aksiyon adamı mı? Yoksa her erkeğin peşine düşecek kadar zavallılaşan bir hayat kadını mı? Sormadan edemiyorum işte. Çok kötü niyetli, art düşünceli, ön yargılı olduğum için değil; karşıma çıkanlar kadın kokusu aldığı için...

Bütün olumsuzluklara rağmen ilk aylarda okula iyice asıldım; ama beni engelleyenler daha güçlü çıktı. Sağa sola takılmaya başladım, okulu gevşettim git gide.

İlk takıldığım yerler marjinal grupların, sosyal etkinlikler adı altında "çirkin" işler çevirdiği yerlerdi.

Devrimciler, Komünistler, Marksistler, eroinciler, hapçılar, bilmem neler... Karışık, bulanık, her yer altüst olmuş ve ortalarında genç bir kız. Amacını, idealini yavaş yavaş yitiren gücünü daha ilk başta bitiren birisi: ben.

Etrafımı demir parmaklıklar gibi saran amaçsız gençler sayesinde burnumu her deliğe sokmaya başlamıştım. Allah'ım bu ben miydim? Hani ne oldu hırsım, idealim, amacım ve kurduğum hayaller? Herkesi hizaya getirecek bir hukukçu olmak için İstanbul'a gelmemiş miydim? Hani bana tuzak kuranlardan intikam alacaktım? Ne oldu verdiğim sözlere?

Kendimi, bir adım bile ileriyi göremeyecek kadar bir ihanet savaşının içinde buldum. Bu savaşın galibini sormaya ne gerek var? Yine benim bir paçavra gibi sağa-sola atılacağım, işin başında belli.

Batıyordum. Her şeyimle batıyordum, kurtuluşu mümkün olmayan dipsiz kuyulara doğru yuvarlanıyordum.

Hukuk Fakültesi ideali bitmek üzereydi; tek yaptığım, izbe bir köşede kafayı uyuşturmak ve hayallere dalmaktı. Sonra da dünyayı kurtarmak isteyen ikiyüzlü bir çapulcunun esiri olmaktı. Yetti artık, yetti. Aklımın başına gelmesi için daha ne kadar bu iğrençliklere, acılara katlanmam gerekecekti?

Doğruları görmek için daha ne tür felaketler yaşamam lazımdı? Ah, aklım, mantığım, kişiliğim! Sizi tanıyamıyorum; bu kadar da fazla artık.

İstanbul beni çabuk yuttu. Önüne gelen ar ve namusuma bir tekme sallıyordu. Mecburdum onlara katlanmaya. Param yoktu, yerim, yurdum yoktu, yiyecek ekmeğim yoktu. Allah, kahretsin böyle insanı! Kendimden iğreniyorum; ama bazı devrimci arkadaşlara göre bu normaldi. Kadın da erkek de özgürce hayatını yaşamalıydı. Buna ne özgürlük denir ne de dilediğini yaşamak; buna düpedüz, fakirlik ve kölelik denir. Suç benimdi. Bazı şeyleri bile bile yapıyordum. Bazı şeyleri de bile bile tepiyordum. Kendim işleyip kendim ağlıyordum. Önüme iyi seçenekler de çıktı; ama içimdeki saplantılar iyi seçeneklere engel oldu.

Emine, babası, İmam Efendi ve matematik öğretmeni gibi iyi insanlarla karşılaşmıştım. O insanlar beni çok sevmişlerdi. Korumak istediler, yardım için çırpınıp durdular. Ya ben? Ben ne yaptım? Aydın kafalı, ilerici, devrimci ve bilmem ne... Gözün kör olsun. Buna bile bile lades denir.

BU MU ÖZGÜRLÜK?

İSTANBUL'DA özgürmüşüm öyle mi? Canına yanayım bu özgürlüğün. Dışarı çıkıyorsun, doğruluk, dürüstlük naraları atan bir sürü ikiyüzlü insan; anında keyfini altüst ediyorlar. Okula gidiyorum; çok gerilerdeyim; toparlamam zor. Yurttan ayrıldım. Evlere gitmem lazım; ama her evde büyük bedel ödüyorum. Her bedel, ruhumdan, dürüstlüğümden, düşüncelerimden ve idealimden bir parçayı alıp götürüyor.

Bu muydu özgürlük? Allah, kahretsin bu özgürlüğü. Sen özgür falan değilsin. Dört duvar arasında yıllanmış bir köylünün düşüncelerinde benim iğrenç hayatımdan daha fazla özgür vardı.

Emine'mi, İmam Efendi mi daha az özgür yaşıyorlardı? Ben ilerici, onlar gericiydi öyle değil mi? Nereden girdi beynime bu mantık karmaşası? Çıkmıyordu işte çıkmıyor. Söküp atamıyordum, bu saplantılı düşünceleri.

Öyle bir ortamdı ki düşünmek istemiyorsun, olmuyor. Beynini uyuşturmak istiyorsun yine olmuyor. Bir daha yapmayacağım, diyorsun, seni sana bırakmıyorlar. Dayanılmaz bir çaresizlik ve acı içindeydim. Ancak acımı unutturacak bir sihir lazımdı. Böyle giderse yolun sonu çok yakındı.

Günlerim izbe odalarda, ahşap evlerde, terk edilmiş köşelerde geçiyordu. Orada kendi kendimin kuyusunu kazıyor ve kendi hayatımın sonunu hazırlıyordum. İşte sona yakınlaşmanın yolu enjektör. Ardından da o dayanılmaz acı; müthiş bir boşluk. Niçin yaşadığımı, nerede olduğumu unutuyordum. Keşke hiç uyanmasam topluma mikrop saçan bir fazlalık daha temizlenir, diyordum.

Bazen devrimci arkadaşların toplantısına katılıyordum. Gerçekçilik adına söyledikleri gerçek olmayan sözlere gülüp geçiyordum. Ah, gerçekler, sözler kadar temiz olsa doğru çıksa. "Onurlu mücadele, dürüst yaşam, insan hakları..." Ne güzel vaatler değil mi? Bir de aynı naraları savuranların hayatımızı nasıl kararttığını görün. Bizi bir paçavra gibi kaldırıp attılar. İşte buna isyan ediyorum. İşte bunun için kafamı uyuşturup acılarımı unutmak istiyorum.

Günlerim dayanılmaz acı içinde; kendimi yemeye devam ediyorum. Hele o kahrolası ümitsizlik, gelecekle ilgili karşımda duran o kapkara tablo...

Zar zor ikinci sınıfa geçtim. Yaz tatili olmuştu. Emine'nin yüzlerce davetini geri çevirdim. Kaç kez İmam Efendi'nin eşi ve matematik öğretmenim aradı. Yok, yok... Gelmeyin üstüme benden hayır yok. Onlarla konuşurken daha kötü oluyordum. Emine'nin içtenliği ve dürüstlüğü, matematik öğretmenimin bir baba gibi sık sık arayışı, İmam Efendi'nin eşinin "Seni özledik" deyişi, içime bir başka acı veriyordu. Bu iyi insanları gördükçe, dinledikçe içimde müthiş bir mücadele başlıyordu.

Kendimi hesaba çeken bir duyguydu bu. Yaptıklarımdan dolayı beni suçlayan, aşağılayan bir sesti. O sesi duyduğumda kendimi lime lime doğramak istiyorum. Neden ben bu kadar kötüyüm, neden? Niçin bir türlü kendimi bulamıyorum? Bunca yanlışlıktan sonra niçin hâlâ ibret alıp kendi köşeme çekilemiyorum? İşte bunun için bu doğru insanlarla görüşmek istemiyorum, onlardan kaçıyorum.

Evet, ne acı ki gerçek bu. En iyisi bir daha görüşmemek;

artık tek yaptığım şey, acılarımı hafifletmek için beynimi uyuşturmaya çalışmak. Bunun bedeli, maalesef çok ağır. Sonunda unutulan bir şey yok; rahatlamak ise hiç yok. Tam tersine dayanılmaz acılar bir kat daha artıyor.

Yine odama beyaz önlüklüler doldu. İkisi doktor, ikisi de hemşire. Sonuçları tartışıyorlar. Gözlerinden ümitsizlik okunuyor. Ben yapmacık tebessümlerden anlarım. İşler sarpa sarıyor. Yeter, bu ömre çok şey sığdırdım. Belki de birkaç kişilik yaşadım.

Artık sonuçlar çok berbat çıkıyor; ama üzülmüyorum. Galiba ölüme karar vereni, hiçbir kötü sonuç etkilemiyor veya öyle sanıyorum.

Biraz ara vereceğim, ortalık sakinleşince devam edeceğim yazmaya.

KİŞİLİK DEĞERLERİM SIFIRLANDI

EVLENDİM; ama evlendiğim genç benden daha kişiliksiz çıktı. Hiçbir şey umurunda değildi. Evliliğin kutsallığı ve dokunmazlığı gibi kavramlara inanmıyordu. Evde o sokak çocuğu, ben de sokak kızı gibiydim. Kısacası kişiliğimi sıfırlamam bana dayanılmaz bir acı veriyordu.

Hâlâ ruhumun derinliklerinde bu duruma isyan eden bir tarafım olmalı. Acaba bir gün bu duygum kuvvet kazanır da beni kurtarır mı? Çok zor hem de çok...

Bu evliliğin yürümeyeceğini herkes biliyordu. Nitekim de öyle oldu. Kendi onurumu koruyamadım, aile kavramının da onurunu kirletmemek için ayrıldım; ama nereye, kime gidecektim?

Kendimi tanımaz hâldeyim. Sanki içimde, iki kişi vardı ve birbirleriyle savaşıyorlardı. Eminelerin, İmamların, matematik öğretmeninin kollamaya, korumaya çalıştığı benle İstanbul'un sokak serserileri arasında sıkışmış olan ben. Çok farklı iki kişilik; ikisi de birbiriyle savaşıyordu, hem de kıyasıya. Şimdilik İstanbul kanadı galipti.

Kocamdan ayrıldığım gün, Beyoğlu'na doğru iniyordum. Bir arkadaştan toz alıp beynimi bir bomba gibi patlatan dayanılmaz işkenceden kurtulmak istiyordum. İçim doluydu, sinirlerim tepemde, başım ise kopacak gibi ağrıyordu. Eğer bir şey bulamazsam krize girebilirdim.

Bu lanet alışkanlık hiçbir şeyi dinlemez ve beklemezdi. Bu işin sabrı da olmazdı. Bir otobüs durağında beklerken bir el dokundu, bana:

– Aysel, kızım, dedi, tanıdık bir ses.

Arkama döndüm, İmam Efendi'nin eşi.

– Siz ne arıyorsunuz, diyebildim zorla.

Sarıldı bana, yanaklarımdan öptü. Ayakta zor duran vücudumu son bir hamleyle toparlamaya çalışıyordum. Az ileride duran İmam Efendi de hâl hatır sordu.

Hay Allah! Tam kendimden geçmeye giderken imama yakalandık. Olacak şey miydi?

– Biz otele gidiyoruz. Eğer müsaitsen gel, bu akşam beraber olalım.

Hiç itiraz edemedim. Aslında etmek ve direnmek istedim; ama içimdeki bir kuvvet beni durdurdu. Başka kalacak bir yerim olmadığına göre bari bu gece bir uyku çekeyim, dedim. Krize yakalanmazsam tabii.

Tıpış tıpış peşlerine takıldım.

– Hoca Efendi, Hukuk Fakültesi'nde yüksek lisans yapıyor. Onun sınavları var. Ben de biraz rahatsızdım, kontrollere geldim, dedi İmam Efendi'ni eşi.

Demek Hoca Efendi yüksek lisans yapıyordu. Vay! Elin imamına bak! Benim de ilerici takılmama. İşte buna dayanamıyordum. Dayanamasam da tebrik etmeliydim. Ne yapabilirdim ki çevremde böyle bir önder yoktu. Bulduğum tüm önderler karşı fikirden çıktılar. Hay Allah'ın belaları, bizimkiler, siz neredesiniz?

– Okulun nasıl kızım, dedi İmam Efendi.

Zoraki bir şeyler söylemem gerekiyordu.

– Bu yıl ikinci sınıftayım. Biraz zor; ama idare ediyorum.

– Hocalarını iyi tanıyorum. Onlar benim de hocalarımdı. Şimdi yine onlardan yüksek lisans dersi alıyorum. Yüksek lisansım bitmek üzere. Doktoraya hazırlanıyorum. Doktoram biterse Hukuk Fakültesi'ne öğretim üyesi olarak geçmeyi düşünüyorum. Derslerim çok iyi. Yüksek lisansta en iyi derece benim.

Sen de çalış, okulu bitir de sana da akademik çalışma yaptıralım. Hocalarım beni kırmazlar.

Sustum. Bu insanların iyiliğine karşı nasıl dayanabilirdim ki. Hoşgörüsü ve sevecen davranışlarına karşı nasıl çıldırmadan durabilirdim. Benim gibi bitmiş, tükenmiş bir kıza niçin yardım ediyorlardı? Artık anlayın beni, benim bir sokak kızı olduğumu anlamanız için daha ne yapmalıyım, diyordum içimden.

Anlıyorlar, anlıyorlar da bilmediğim bir iyiliğin peşindelerdi. Akşam otelde birlikteydik. Yine de onlarla olmak bana huzur veriyordu. Bir an olsun, içinde bulunduğum şartları unuttum. İki melek insanın büyüsüne kapıldım, ne baş ağrısı kaldı ne de uyuşturucu krizi. Hayret ediyordum. Demek ki dindar insanların kendine özgü bir huzur ve mutluluk ilacı varmış. Bir an düşündüm. Bu insanlarla birlikte köyüme gitsem yıkılan evimizde, tek başıma daha mutlu olmaz mıydım? Orada insanın huzurunu kaçıran insanlar da etrafımı kuşatan ihanet güruhu da yoktu.

"Ne olur beni götürün. Dağların arasında ıssız bir hayat süreyim. Kedilere, köpeklere, merkeplere razıyım. Yeter ki beni bu canavarlardan kurtarın. Belki de tövbe eder, ıslah olurum. Bakarsınız annemin istediği dindar bir kız oluveririm veya beni bu hâlimle kabul eden birisi çıkar. Çocuklarım olur, annelik duygusunu yaşarım."

Herhâlde kendi kendime konuşmuş olacağım ki:

– Bir şey mi dedin Aysel'im, dedi İmamın eşi.

– Hayır, daldım, öylesine.

O gece beni de otelde misafir ettiler. Hem İmam Efendi hem de eşi bana çok nasihat edip telkinde bulundular, bazı doğruları anlatmaya çalıştılar; ama nerede bunları dinleyip yorumlayacak kafa. Fakat şuna kesin şekilde inanmıştım; böyle bir ailenin yanında kalsam mutlu olurdum. Nerede o şans...

Nihayet İstanbul beni yuttu. Okulu üçüncü sınıfta bırakmak zorunda kaldım. Uyuşturucu suçundan polislerle başımız dertteydi. Birkaç evlilik, boşanma... Hep sonu başından belli, ikinci sınıf bir drama filmi gibiydi.

İşler iyice çıkmaza girmişti. Koca İstanbul'da yersiz yurtsuz ve beş parasızdım. Şu geldiğim yere bakın; bunları düşünemeyecek kadar zordaydım. Asla anlatamayacağım, asla hatırlamak istemediğim iğrenç bir hayatın içindeydim. Bütün bunlar iyi bir çevre edinememenin ve aklı başındaki insanların sözünü dinlememenin sonuçlarıydı.

Açlıktan bir marketin önünde bayılmışım. Son hatırladığım, karnımı doyuracak bir parça ekmek aradığımdı. Gözümü küçük bir poliklinikte açtım. İri gözleriyle bana bakan bir doktor ve yanında yaşlı bir adam.

Kolumdaki iğne morartıları nasıl bir kız olduğumu anlatıyordu. Yaşım henüz yirmi ikiydi. Olduğundan daha fazla çökmüş, yaşlanmış bir yüzüm ve direnci tükenmiş bir vücudum vardı. Doktor beni kaldırdı.

"Ciddî bir sorun var" dedi. "Bu zararlı alışkanlıktan kurtulamazsan bu hayat sana asla acımaz. Tabii ki buna, hayat, diyorsanız.

"Ayrıca bazı basit kan tahlilleri yaptık. Sağlığınız çok ciddi risk altında. Eğer erken davranılmazsa seni zor günler bekleyebilir. Kendini toparlamalısın, sağlığına dikkat etmen lazım."

Daha bir sürü nasihat... Konuştu, konuştukça... İyi bir insandı. Benim için güzel öneriler sundu.

AÇ KALMAMAK İÇİN YAŞLI BİR ADAMLA EVLENDİM

YANINDAKİ YAŞLI adam beni polikliniğe taşımış. Eyüp'te oturan yalnız bir adammış. Eşini iki yıl önce kaybetmiş. Çocukları ise yurt dışındaymış.

Benimle ilgilendi, yardımcı oldu. Sağ olsun, en zor durumda böyle bir insana rastlamıştım; ama bu sefer kararlıydım. Bu adamı bırakmaya niyetim yoktu. Çünkü çaresizdim. Beni sıcak yuvasına alacak bir insana ihtiyacım vardı. Artık bir insanı seçme veya seçmeme lüksüm yoktu benim. Kurtarsın da beni bu sokak ortasından, kim olursa olsun, diye düşünüyordum.

Benimle evlenmeye razı oldu, sağ olsun. Yalancı çıkmamak için her şeyi başından anlattım. Adamı dürüstlüğüme inandırmak için Eyüp Sultan'a gidip tövbe bile ettim.

Olacak şey mi? Ateist bir kız, dindar bir insanla evlenecek? Ben yirmi ikisinde, o ise altmışlık bir ihtiyar.

Biraz toparlanana kadar mazbut, muhafazakâr bir kız rolü oynamalıydım; hatta başımı bile kapatıyordum. Devrimci, ateist kız dönüş yaptı ha? Buna kim inanır?

Tabii adam dört köşe oldu, sonunda benim gibi ateist birisini doğru yola sokmuştu. Hem de gencecik bir hanım. Hayata yeniden başlamış, yanlışlardan kurtulmuştu. En azından öyle sanıyordu. Olsun, şimdilik sığındığım bir ev vardı.

Ya sonrası?

Hakkını inkâr edemem. Bana büyük bir şefkatle sahip çıktı. Önce altı ay uyuşturucu tedavisi aldım. Tam iyileştim derken bir sürpriz daha; karaciğer yetmezliği başlamış. Çok fena bir durumdu bu. Ardından da karaciğer kanseri oldum. Uzun süre kanser sözünü benden sakladılar; ama öğrendim. İçkinin, sigaranın, hapın ve uyuşturucunun sonunda pes eden karaciğerimdi.

Yaşlı kocam beni tedavi ettirdi; hatta bir ara mucize bile oluyordu. Yeniden sağlığıma döndüğüm konusunda sinyaller bile aldık. Tam bu sırada bir darbe daha yedim. Yaşlı kocam kalp krizinden ölmüştü. Neyse ki emekli maaşını bana bırakmıştı. Sağlık sigortasıyla tedavi oluyordum; ama çocukları yurt dışından geldiler, evi elimden alıp beni kapı dışarı atmışlardı. Onlara göre bir hayat kadını babalarını aldatmıştı.

Yine de sağ olsun kocam. Beni tedavi ettirip bana maaşını ve bir de sigorta bıraktı. Bu, İstanbul'un ortasında yalnız bir bayan için az şey değildi.

Ah, kötü şansım! Neredeyse düzlüğe çıkıyordum. Beni bir baba gibi kollayan bir eş, hastalığı yenmek üzere olan bir direncim vardı. Moralimi toplamıştım. Hastaneden çıkıp kendime ciddi bir çeki düzen vermeye karar vermiştim. Yani "Emine"lerin, "İmam"ların dediği, istediği olacaktı. Bu şekilde huzura ereceğime inanıyordum; ama ipler koptu, yeniden. Güzel giden hayat treni durdu. Kendimi, bir anda eski durakta buldum. Aynı çekilmez hayatın içine, aynı insanların ortasına düştüm. Galiba bu sefer dönüşsüz bir yoldu. Çıkmaz bir sokak beni bekliyordu. Anlamsız, hedefsiz kaç gün dolaştım, bilmiyorum. Son bildiğim, bir sokak ortasında kendimi kaybettiğimdi. Bayılıp düşmüşüm. Açlığımdan mı yoksa hastalığımdan mı bilmiyorum. Bana göre açlığımdan, doktorlara göre hastalığımın ilerlemesindendi.

Yaşlı kocamın maaşı vardı; ama ömrünü yanlış yollarda tüketmiş bir insana bu para yetmiyordu ki.

Hastanede biraz tedavi oldum; ama dayanamadım o azaba; kaçtım bir görüş saatinde. Bu aklımın bir türlü iyileşmeye niyeti yoktu. Ya tamamen dengesini yitirmişti, ya da ne yaptığını bilmiyordu.

Bir ümitle Ankara'ya geldim; ama kimse bana kapısını açmadı. Çok çaresizdim. Bütün gücümü ve direncimi bitirdim. Hastalığım ilerlemiş olacak ki ayakta duramıyordum. Kendimi taşıyamayacak kadar bitkindim. Her gelen gün, bir öncekini aratıyordu.

Evet, bir yanlışın içindeydim. Belki de o güne kadar kendimi hiç suçlamamıştım

Ateistlik, ilericilik, devrimcilik ve ardından bir sürü rezalet... Sonu bilinmez bir hedefe gidiyordum. Çok inattım. Doğrular, eğer benim fikrim değilse kabul etmiyordum. Hâlbuki "doğrular" yalnızca bana ait olanlar demek değildi. Başka doğrular da olmalıydı. İşte yaptığım en büyük hata da buydu.

Kendimi bildim bileli haksızlığa ve yanlışlığa karşı büyük bir mücadele veriyordum. Bunun için de burnumu sokmadığım delik kalmamıştı. Her seferinde bir yenilgiyle tanışıyor, yine de uslanmıyordum. Yani bu çekilmez hayatı biraz da kendim hazırladım.

DÖRDÜNCÜ BÖLÜM

ÖLÜMÜ BEKLEDİĞİM HASTANEDEKİ ACI GÜNLER

Bölümün Özeti

Her şeyimi kaybetmiştim. Artık yaşamanın bir anlamı kalmamıştı. Toplumda günahkâr bir fazlalıktım. Tek isteğim bir an önce bu hayatın bitmesiydi. Kaç defa intihara kalkıştım, ama beceremedim. Şimdi tek arzum, bu amansız hastalığımın beni intihar zahmetinden kurtarmasıdır; ama şu işe bakın ki ben ölümü hasretle beklerken inanılmaz olaylar da sıraya geçmişti.

YA VARSA?

YİNE HAYAT FİLMİM kopmuştu. Bu sefer çok ciddi ve acımasızdı. Gözlerimi büyük bir hastanenin onkoloji servisinde açmıştım. Galiba bu iş bitiyordu artık. Sağ olsun hastalık beni intihar lüksünden kurtaracaktı.

Artık hastanedeyim, yani ölüm döşeğinde. Az ileride beni bekleyen ölümü görüyordum.

Bu saatten sonra mektup yazıp "Sesimi birileri duysun" diye bunca satırları karalamak anlamsız gibi gözüküyor, belki. Doğru, ben de bilmiyorum niye yazdığımı.

Belki de ayıplanmak, lanetlenmek ve tükürülmek belki de "Ben yaptım, sakın siz yapmayın" demek için veya bir teselli, bir moral yardımı, belki de bir dua için yazıyorum.

Bilmiyorum, asırlar sonrasına bir mesaj, bir not iletmek için kaleme aldım bu mektubu sanırım. Genç kızlar benim hikâyemi çok iyi okusun, beni yutan tuzaklar hâlâ avlarını bekliyor; onlar bu tuzaklara kapılmasın diye yazdım bu mektubu.

Ama şu bir gerçek ki, bu kâğıtları karalarken inanılmaz bir kuvvet buldum. Sanki bu mektubu yazmak için özel gönderilen bir kuvvetim vardı. Hayatı yeniden yaşamak, kendimi son kez hesaba çekmek için bir enerji verildi.

Mektuba başlayalı iki gün oldu. Başlangıçta birkaç saatte

yazıp bitirmeyi düşünmüştüm; ama öyle olmadı. İçimde farklı duygular gelişti, farklı yönler ve farklı yorumlar oluştu.

Bu mektupla, bana hayatı zehir eden kimselere, son kez kinimi, nefretimi kusmak istiyordum; ama bu iki gün içinde, mektubu yazarken yeniden hayatımı yorumladım. Doğrularla yanlışları yan yana koydum, kendimi bir anlamda hesaba çektim. Bu, hayatımın genel bir değerlendirmesiydi. Galiba bugüne kadar hiç düşünmediğim; hatta aklıma bile getiremediğim önemli ayrıntıları yakaladım. En önemli ayrıntı da bir türlü varlığını kendime kabul ettiremediğim, kâinatın ve insanların bir Yaratan'ı olduğu konusuydu. Önceden kesin şekilde "yok" diyerek kestirip attığım bu konu, artık beynimde şimşekler çaktırmaya başladı.

Ya varsa? Ya Allah, bu kâinatı ve insanları yarattıysa? Ya bizden, yaptığımız her şeyin hesabını soracaksa?

Peki, bu hesaba ne kadar hazırdım?

İşte bu düşünce, bir ihtimal de olsa içimi ve beynimi kemirmeye başlamıştı.

Mektubu yazdıkça bana kuvvet geliyor, sanki kalemim beni bu yöne doğru sürüklüyordu. Hiç istemediğim, düşünmeyi bile arzu etmediğim bir yöne doğru ilerliyordum.

Ben bile mektubunun sonunu nasıl yazacağımı merak eder oldum.

Hocam, yine yoruldum, derman pes etti. Yarına bırakmaktan başka çarem yok. Şimdilik hoşça kalın. Sabah görüşmek üzere...

MÜTHİŞ BİR OLAY

Mektubumun üçüncü günü; ama bugün çok farklı. Müthiş bir duygu yoğunluğu içindeyim. Bu satırları ağlayarak, hıçkırarak yazıyorum.

GÜN, GECEYE dayandı, müthiş bir şey oldu, inanılmaz bir olay yaşadım. Her tarafım titriyor hâlâ... Tarifsiz bir heyecan içindeyim. Sanki kalbim yerinden dışarıya fırlayacakmış gibi. Kendimi toparlayıp bu olayı size aktarmalıyım. Bu hadise beni alt-üst etti, bir anda dünyamı salladı, zihnimi ters çevirdi.

Heyecanımı durduramıyorum, parmaklarımın gücü tamamen bitti. Ne yapsam bilmiyorum, kalemi tutamaz haldeyim.

Gecenin ikisi; serumum çekileli bir saat oldu. Uyumam için de bir iğne yaptılar. Odada yalnızım. Zihnimdeki karmaşık düşüncelerden bir yol, bir iz arıyorum. Yine hayatımın dehlizlerinde sağa sola koşup bir ümidin, bir ışığın peşindeyim.

Düşünüyorum. Bu evren başıboş mu? Yokluğa ve hiçliğe mi gidiyor? Bütün bu canlıların ve insanların hepsi bir gün ölecek, her şey yok mu olacak? Bir daha yeniden hayat, buluşma ve insanlık olmayacak mı?

Bu evreni Allah mı yarattı? Her şey O'nun emriyle mi oluyor? Yani ölünce tekrar dirilip hesap mı vereceğiz?

Kollarına atılmayı, dizlerine yatmayı çok istediğim anneme, babama, kardeşime kavuşacak mıyım? Ya cehennem varsa? O zaman ben bu hâlimle, o Cennetlik insanlarla yine buluşamayacağım. Yine bana rahat yok.

Yani diriliş olsa da bana rahat, huzur yok, olmasa da... Yine çıkmazları oynuyorum, acıları yaşıyorum.

Bu ve benzeri düşüncelerin mengenesinde kendi hayatımı gözden geçirirken odamın kapısı gıcırdadı.

Rüya mıydı yoksa kendimde miydim? Tam bilemiyorum.

Başımı kapıya doğru çevirdim, iki tane bayan... Bembeyaz, tertemiz bir örtü içindeler; başları kapalı. Üzerlerinde esrarengiz bir pırıltı vardı. Yüzlerindeki ve gözlerindeki ışıltılar içime işledi, sıcak, ılık bir hava oluşmuştu odamda.

Göz göze geldik, bir an... O kadar tatlı, büyüleyici bakışları ve tebessümleri vardı ki sanki etraflarında bir çekim merkezi oluşturup, beni o büyülü dünyaya çekmişlerdi.

Bunlar kimdi? Hemşire olamazlardı. Hemşirelerin başı açık, boyları kısa ve bu kadar sevecen insanlar değillerdi. Gecenin bu saatinde, beni ziyarete gelen biri de olamazdı. Zaten bugüne kadar tanıdığım insanlardan çok farklı bir yüze ve çok farklı bir etki alanına sahiplerdi. Âdeta oda onların gizemli elektriğiyle dolmuştu.

Sanki kulağımı, beynimi ve bütün vücudumu sallayan, etkileyen, temizleyen bir ses tonuyla:

– Geçmiş olsun yavrum, dedi ön taraftaki kadın. Diğeri ise elleri önünde bağlı, sanki hazır ol vaziyetinde dikiliyordu.

– Sağ olun, diyemedim. Çünkü tam bir şok içindeydim. Yalnızca yüzlerini heyecanla, merakla; hatta ürpertiyle izliyordum. Dayanılmaz bir heyecan içindeydim ki kalbimin atışı göğüs kafesimi zorluyor, sanki paramparça olacakmış gibi vuruyordu.

"Siz kimsiniz, ne istiyorsunuz?" diye sormaya hazırlanıyordum ki ben sormadan öndeki hanım konuşmaya başladı.

– Bizler Allah'ın izni ve Peygamber'imizin emriyle, darda kalan, yardım isteyen ve yardıma layık olan Müslümanların yardımına gideriz.

Sözleri o kadar tok, etkili ve sıcaktı ki her kelime beynime çivi gibi çakılıp içimde yankılar uyandırıyordu. Bir anda, bu sözler, binlerce, milyonlarca parçalara ayrıldı, her tarafta uçuşmaya başladı.

"Allah'ın izni ve Peygamber'imizin emriyle, darda kalan, yardım isteyen ve yardıma layık olan Müslümanların yardımına gideriz."

Bu sözler beynime yıldırım hızıyla girip, içime güneş gibi doğmuştu.

Demek beni Allah ve Peygamber göz ardı etmedi, yardıma layık bir insan olduğuma karar verildi, öyle mi? Bu, müthiş bir şeydi. Belki de son bir çıkış yoluydu benim için. Ben aklımda bunun yorumunu yaparken sanki o esrarengiz hanım içimi okuyordu.

– Allah, her şeyi gören, bilen ve imdat edendir. Peygamber'imiz ise ümmetinin her ferdini takip eder, darda kalanlara Allah'ın emriyle yardım gönderir.

Kâinatın bu muhteşem düzeni, Allah'ın ilmi ve kudretiyle var olmuştur. İçindeki sonsuz nimetlerse kullarına ikramıdır. Allah, kullarını kendisini tanıması ve kulluk görevini yerine getirmesi için yaratmıştır.

İnsanlara mesajını duyurmak için Peygamber ve Kitaplar göndermiştir; tıpkı bir öğrencinin ders kitaplarına ve öğretmenlere ihtiyacı olduğu gibi.

Ne yazık ki bazı insanlar şeytana ve nefislerine uyup dünyanın zevki ve lezzeti uğruna Allah'ı unutmuşlardır. O insanlar bir sineğe bile dikkatle baksalar ne kadar harika bir sanat eseri olduğunu görecekler, bu harikulade varlıkta, Allah'ın ilmini ve kudretini bulacaklardır. Ama onlar şeytana ve nefislerine uydular. Düşünmediler ki insanın dünyaya gönderilmesi ne kadar muhteşem bir olaysa tekrar dirilip hesap vermesi de öyledir. İnsanı Yaratan kudret sahibine, tekrar insanı diriltmek zor gelir mi?

Bu cümleler bana, fikrime, felsefeme ve hayat görüşüme özlü, etkili ve müthiş cevaplardı. Bütün bunları yüzlerce kez arkadaşlarımdan, hocalarımdan duyduğum hâlde neden şimdiki kadar etkilenmemiştim?

Her kelime, her cümle beynimde yankılanıyor, asla karşı çıkmama imkân vermiyordu.

– Annen sana çok dua ediyor. Senin için çok endişeli. Hazırlan, tövbe et. Allah'tan af dile. O'nun affı, gazabından, cezasından daha büyüktür. Allah'a yalvar, eksikliklerini tamamla. Çünkü ömrün çok kısadır.

Gözümün önündeki o tok sesli, sevecen ve ışıltısıyla odayı dolduran iki hanımı kaybettim. Yalnızca bir kapı gıcırtısı duydum, o kadar.

OLAYIN ARDINDAN

ALLAH'IM, BEN NE yapayım şimdi? Darda kalan bir günahkâr, bir ateist kuluna bu yardımı layık gördüğün için ben şimdi ne edeyim? Ağlayayım mı? Feryat mı edeyim? Nereden, nasıl başlayayım?

Pislikten, rezaletten, günahtan başka bir şey bilmiyorum. Dua etmek, yalvarmak, yakarmak, namaz kılmak... Hiçbirisini bilmiyorum.

Yerimden fırladım, yataktayım. Her tarafım sırılsıklamdı. Kendimi müthiş bir heyecan ve panik içinde buldum.

Evet, Allah var. Bu kâinatın sahibi O... Biz de O'nun kuluyuz; ama hiçbir detay, hiçbir ayrıntı bilmiyorum. Ne olur birileri bana yardım etsin!

Feryadıma, hıçkırıklarıma, bağırmama hemşireler koşup geldiler. Onlara tabii ki gördüklerimi anlatamazdım.

"Yok, bir şey" dedim. "Bir kâbus görmüş olmalıyım."

Adım adım ölüme gidiyorum. Kafamsa çok karışık! Artık hata yaptığımı, yanlış bir yolda olduğumu yüksek sesle haykırıyorum. Bütün bu gördüklerimin benim için son bir şans, son bir fırsat olduğunu biliyorum. Allah'ımın affını, beni unutmadığının da bilincindeyim; ama yolun sonuna geldim, ne yapacağımı bilmiyorum. Karmaşık fikirlerimin, bulanık ve anlamsız görüşlerimin çok derinlerinde bir güç yakalıyorum:

"Allah".

Evet, ilk defa bu kadar güçlü bir duygu içindeyim.

"Allah!"

Galiba her şey tüketilip bütün ihtimaller bittikten sonra ortaya çıkıyor veya başka çarem kalmadığı için.

"Ne olur birisi gelsin artık! Ben gidiyorum. Bana kendimi, Allah'ı ve ahireti anlatsın.

Hemşire hanıma ve doktorlara yalvardım.

"Emine adında tıpta okuyan bir arkadaşım vardı. Onu bulun. Ona çok ihtiyacım var. Gelsin o, ne olur gelsin," diyordum.

Emine gelsin ki bana anlatmak istediği, ama benim bir türlü dinlemediğim doğruları anlatsın bana. Şimdi onların sırası artık! O doğrulara çok muhtacım. Bekliyorum onu; Emine'yi.

"Hayatımda hiçbir şeyi bu kadar istemedim. Ne olursun Allah'ım. Senden bir şey istemeye yüzüm yok; ama annemin, kardeşimin, bana yardım etmek isteyen iyi insanların hatırı için... Ben ölmeden getir Emine'yi. Bu günahkâr hâlimle huzuruna çıkmak istemiyorum. Biliyorum affedilmez günahlar işledim. Bana son bir fırsat ver" diye Allah'a yalvarıp yakarıyordum.

Birden servisimizdeki o temiz yüzlü, dindar asistan aklıma geldi. Her odama girişte bana moral verir, Allah'a dayanmamı ve sabırlı olmamı isterdi.

Evet, bu konuda o asistan bana yardımcı olabilirdi. Onu bulup her şeyi anlatmalıydım ve ondan yardım istemeliydim.

NE OLUR BANA YARDIM EDİN!

SABAH İLK İŞİM asistanı bulmak oldu. Ona her şeyi bütün ayrıntısıyla anlattım. Melek gibi bir gençti. Beni gözyaşlarıyla dinledi.

Bana yardımcı olması için yalvardım.

– Merak etme, dedi. Sen, bu işi başaracaksın. Ben sana yardımcı olacağım.

Birkaç saat sonra tesettürlü, gül gibi tatlı, güzel mi güzel, sevecen, dünyalar iyisi genç bir bayanla geldi.

– Seni nişanlımla tanıştıracağım, istediğin her konuda sana yardımcı olacak, dedi.

Şu Allah'ın işine bak ki o da hukukta okuyormuş. Tam bir psikolog gibiydi. Daha da ileri, daha da cana yakın; ismi Ebrunur'du.

Gördüklerimi ona da anlattım. Bana sarıldı, hıçkıra hıçkıra ağlamaya başladı.

– Sen günahlarına bakıp ümitsizliğe düşme, dedi. Bunlar ne kadar büyük müjdeler. Bizler ibadetlerimizi, kulluğumuzu aksatmadığımız hâlde, böyle bir ihsana, ikrama layık olamadık. Allah'ın sonsuz merhameti, şefkati ve sevgisi seni de kanatları altına almış. Seni tebrik ediyorum; hatta sana imreniyorum, seni kıskanıyorum.

Tatlı diliyle, güzel davranışlarıyla beni ümitlendiriyordu.

Sarıldım ellerine; belki de yaşı benden küçüktü, bilmiyorum. Olsun! Hiç umurumda değildi artık.

Bana yardım etmesi için yalvardım.

– Benim acelem var, dedim. Bir ömrü birkaç güne sığdırmak zorundayım. Bana yardımcı ol. Nereden, nasıl başlayacağım?

– Sen hiç üzülme, telaşlanma, dedi. Artık seninle beraberim.

– Önce namazdan başlayalım, sonradan da kitap okuyup sohbet edelim, eksikliklerimizi tamamlayalım.

– Tamam, dedim. Benim buna ihtiyacım var. Hâlâ aklım, kalbim sorularla, şüphelerle dolu. Bunları halledip tam bir imana sahip olmak istiyorum.

– Korkma, hepsi de hallolacak, dedi.

SORULARIMI SORMAYA BAŞLADIM

BİRLİKTE BİR program yaptık.

Ebrunur Hanım, sabah sekizde gelecek. Akşam beşe kadar kalacak. Bu süre içinde namazları, duaları öğreneceğiz. Sorularıma cevap verecek ve *Risale-i Nur* kitaplarından sohbet yapacağız.

Akşam da bana kitaplar verecek, onları ben okuyacağım. Bu program bu şekilde işleyecek.

Çok mutlu oldum, dünyam ilk defa bu kadar huzur ve mutlulukla doldu.

Namaz kılmayı ve duaları öğrenmeye başladım. *Gençlik Rehberi* ve *Hanımlar Rehberi*'nden de çok güzel metinler okuyor; imanî konulardan sohbetler ediyorduk.

Ebrunur Hanım'a sorduğum ilk soru şu olmuştu:

– Hep itilmek, kakılmak, horlanmak, birilerinin desteğine ve yardımına muhtaç olmak, ilgi görememek ve insan yerine konulmamak beni isyana sevk etti. Koşan, eğlenen, gülen ve refah içinde olan gençleri gördükçe isyanım arttı. Beni itaatsizliğe iten bu sebeplerdi.

Niçin bu duruma düşürüldüm? Benim suçum, günahım neydi? Niçin bana herkes zulmetti? Neden bu adaletsizliğe ve haksızlığa düşürüldüm? Bu hayatın böyle olmasını ben istemedim. Sonuna kadar da böyle yaşamaya mecbur muydum?

Öyleyse niçin diğerleri çok iyi bir hayat sürüyorlardı da ben ayaklar altında eziliyordum?

İşte ateistliğimin, devrimciliğimin, hak ve eşitlik felsefemin temeli buydu. Bu soru hayatım boyunca içimde yanan bir ateş gibiydi.

Evet, Allah var; ama bu haksızlık niye? Bu adaletsizlik neden?

Lütfen beni bu konuda aydınlatın, dedim. İçimdeki bu isyan bastırılmadan, ruhum sakinleşmez, gönlüm rahatlamazdı.

Yılların birikimiyle içimde dert olan bu görüşlerimi sakince dinleyen Ebrunur Hanım, cevap vermeye başladı:

– Allah, bize kullanmamız için iki mükemmel emanet vermiştir, dedi. Birincisi; kendi vücudumuz ve hayatımız, ikincisi de kâinat ve içindeki binlerce nimetler...

Eğer insanlar hayatı ve kâinat düzenini bozup karmaşık hâle getirmeseler doğal bir şekilde yaradılışına; yani veriliş hikmetine uygun olarak kullansalar hiçbir problem yaşamazlar. Bütün sıkıntıların kaynağı (hâşâ) Allah'ın adaletsizliğinden değil, insanların kendi elleriyle hayatı bozmalarından kaynaklanıyor. Gözü, aklı, eli, ayağı, çevreyi ve dünyayı en mükemmel şekilde yaratan Allah, kullarının yanlış uygulamaları sonucu ortaya çıkan adaletsizlikten nasıl sorumlu olabilir?

Konuya hak ve adalet açısından da şöyle bakabiliriz:

Bizleri ve kâinatı büyük bir hikmetle yaratan Cenab-ı Hak, yarattığı hiçbir şeyde eksik, noksan ve adaletsiz bir taraf bırakmamıştır. Adaletsiz gibi görülen durumların, bilmediğimiz hikmetleri ve nedenleri vardır veya bazı şeyleri de bizler kendi elimizle bozmuşuzdur ve adaletsiz hâle getirmişizdir.

Şimdi bu odaya zengin bir adam gelse sizlere para dağıtsa ama bazısına az bazınıza da çok verse sen o adama, 'Neden bana az verdin de diğerlerine çok verdin?' diyebilir misin?

Dersen çok nezaketsizlik etmiş olursun. Çünkü verilen paralar senin hak etmediğin ve sana ait paralar değildir. O adam acımış, sana yardım etmiş; ama yardım miktarını da kendisi takdir etmiş. Bu duruma sizin şikâyet etme hakkınız olamaz. Eğer olursa vermiş olduğu parayı da alabilir.

Bize Allah, hem kâinat nimetini hem de insan nimetini vermiş; ama bazılarına az, bazılarına da çok bırakmış. Bu dünya, imtihan dünyası olduğu için az verdiklerini az hesapla, çok verdiklerini de çok hesapla imtihan edecektir. Çok olanlar, 'Benim imtihanım çok' diye gururlanıp böbürlenemezler. Bilakis onlar, o çok maldan imtihan olacakları için mesuliyetleri daha ağırdır.

Kendilerine az imkân düşenler de isyan edip 'Neden bize az veriliyor?' diye Allah'ı suçlayamazlar. Çünkü kula verilen, kulun hak ettiği, kendine ait değildir. O doğrudan doğruya Allah'a ait ve O'nun ikramıdır. Ne kadar az da verilse kul şükretmek zorundadır. Çünkü hak etmediği bir nimete kavuşmakta ve az nimetin de hesabı, kendine göre olmaktadır.

BEDİÜZZAMAN'IN ÖRNEKLERİ HARİKAYDI

EBRUNUR HANIM devam ediyor, ben de onu pürdikkat dinliyorum.

– Ayselciğim. Sana annenin emanet bıraktığı *Sözler* isimli kitabın yazarı Bediüzzaman Said Nursî'den, bu konuda güzel bir örnek aktarayım:

"Sizler, kendinizden yukarı mertebelerdeki sıhhatli olanlara bakıp şekva (şikâyet) edemezsiniz. Belki siz, kendinizden sıhhat noktasında aşağıda bulunan biçarelere bakıp şükretmekle mükellefsiniz.

"Senin elin kırık ise kesilmiş ellere bak! Bir gözün yok ise iki gözü de olmayan âmâlara bak! Allah'a şükret. Evet, nimette kendinden yukarıya bakıp şekva (şikâyet) etmeye kimsenin hakkı yoktur ve musibette herkesin hakkı, kendinden musibet noktasında daha yukarı olanlara bakmaktır ki şükretsin."

Bediüzzaman, bu izahtan sonra şu misali verir:

"Bir Zat, bir biçareyi, bir minarenin başına çıkarıyor. Minarenin her basamağında ayrı ayrı birer ihsan, birer hediye veriyor. Tam minarenin başında da en büyük hediyeyi veriyor... O, mütenevvi (çeşitli) hediyelere karşı, ondan teşekkür ve minnettarlık istediği hâlde, o hırçın adam, o büyük basamaklarda gördüğü hediyeyi unutup veyahut hiçe sayıp şükretmeyerek yukarı bakar. 'Keşke bu minare daha uzun olsaydı, daha yukarı çıksaydım ne için o dağ gibi veyahut öteki minare gibi çok yüksek değil?' deyip şekvaya (şikâyete) başlarsa ne kadar bir küfran-ı nimettir (nimeti inkârdır), bir haksızlıktır.

"Öyle de bir insan hiçlikten vücuda gelip taş olmayarak ağaç olmayıp hayvan kalmayarak insan olup Müslüman olarak çok zaman sıhhat ve afiyet görüp yüksek bir derece-i nimet (nimet derecesi) kazandığı hâlde; bazı arızalarla, sıhhat ve afiyet gibi bazı nimetlere layık olmadığı veya su-i ihtiyariyle (kötü tercihlerle) veya su-i istimaliyle (kötüyü kullanmalarla) elinden kaçırdığı veyahut eli yetişemediği için şekva etmek, sabırsızlık göstermek, 'Aman ne yaptım, böyle başıma geldi?' diye Rububiyet-i İlahiye'yi tenkit etmek gibi bir hâlet; maddî hastalıktan daha musibetli, manevî bir hastalıktır. Kırılmış el ile dövüşmek gibidir."

Anlatılanlar beynimde yankılanıyordu; ama bulanık aklım ve eskimiş mantığım bir türlü silkinip canlanamıyordu. Bu yüzden de tam istifade edemiyordum.

Ebrunur Hanım, o tatlı diliyle açıklamasını sürdürüyordu:

– Bizler, bir Kudret Sahibi tarafından dünyaya gönderiliyoruz. Bize binlerce nimet ve ikram sunuluyor. Hayat buluyoruz.

Bu hayat makamına ve insanlık derecesine gelmek için minarenin basamakları gibi birçok hayat basamağından geçiyoruz. En büyük, en yüce makam olan insanlık makamıyla buluşuyoruz.

Düşünelim; taş, toprak, ağaç ve yosun olabilirdik. Hayvan kalabilirdik. Bir kedi, bir fare, bir yılan ve bir böcek de olabilirdik. Onların da canları var, onlar da bir hayat mertebesi içindedir. Toprağa, taşa göre ağaç daha şanlıdır ve şükretmelidir. Fareye göre kedi daha avantajlıdır. O da şükretmelidir.

Yılana göre, süt veren koyun daha iyi ilgi görmektedir, o da şükretmelidir.

Bütün bu hayat basamaklarını tırmanmış, binlerce pahalı ve değerli nimetlere sahip olmuş bir insan, bütün bu verilen ikramları unutarak "Neden ben diğer insanlar gibi değilim? Bunda bir eşitsizlik, bir adaletsizlik var" derse fare, böcek, yılan ve kedi söze karışır, "İstemiyoruz, yer değişelim" diyebilirler.

Bizim bir hakkımız zayi olmamıştır. Bilakis, hak etmediğimiz birçok nimete ve hakka sahip olmuşuz.

Düşünüyoruz, görüyoruz, konuşuyoruz, yiyoruz, uyuyoruz, gülüyoruz, ağlıyoruz, bu nimetler nasıl azımsanabilir yahut görmezlikten gelinebilir?

Şimdi bize şu Ankara'yı verseler buna karşılık aklımızı isteseler verir miyiz?

Peki, pahalı organları bu mükemmellikte veren Zat'ın mesajlarını niçin merak etmeyiz? Ne istediğini ve bunları neden verdiğini düşünüp araştırmayız?

Biz mahlukuz; yani yaratılmışız. Bizi bir Yaratan var. İnsanı Yaratan, insana zulmetmez. Bilakis, insanı en çok seven ve kollayan O'dur.

Ortada adaletsiz gibi görünen bir şeyin hikmetli bir yönü vardır. Bu imtihan dünyasında her insan bir şeyle imtihan olunur. Her insanın imtihan derecesi de sahip olduğu imkânlara göredir.

Gözü olmayan, gözle imtihana tabi tutulmaz. Üstelik olmayan gözüne karşılık ayrı bir mükâfat alır. Ya gözü olan? Gözü olan, her saniye gözü nasıl kullandığının hesabını vermek zorundadır. Her şey bunun gibidir

ANNEMİN BANA BIRAKTIĞI "SÖZLER" KİTABINI YENİ TANIDIM

DERİN BİR HESABA dalmıştım. Anlatılan her kelimenin, her cümlenin hesabını yapıyor, dünyamda yankı bulan etkisini yorumluyordum. Demek bu mantıklı ve güzel açıklamalar annemin okuduğu kitabın yazarına aitti.

Annem! Sen; meğer ne kıymetli bir insanmışsın. O köylü hâlinle âlim gibi bir hayat yaşayıp bilinçli bir yaşam sürmüşsün. Şimdi seni çok iyi anlıyorum; bana o iki emaneti niçin bıraktığını da. İçimde bulunan açmazlardan birisi de "Allah'ın bu kâinatı niçin yarattığı?" konusuydu.

Bunu da sordum.

– Allah, bu dünyayı niçin yarattı? Birçok insan kötü yolda cehennemlik olacak, hayatı zindan olacak. Yaratmasaydı bunca acılar çekilir miydi? O zaman hiçbir şey olmaz, biz de acılarımız da olmazdık?

Bu ve benzeri soruları laf olsun diye değil, öğrenmek için soruyordum. İçimdeki çelişkiye bir an önce çözüm bulmak istiyordum. Ebrunur Hanım, bu soruma da cevap vermeye çalıştı.

– Kâinatı yaratmak Allah'ın bir tercihidir. Bu tercihin nedenlerini sorgulamak, yaratılmış bir insan olarak bizlere düşmez.

Zengin bir adam, gönlünden kopan bir merhametle, muhtaç insanları giydirse, yedirse, onlara harçlık verse, sevindirse içlerinden birisi çıkıp da "Bütün bunları ne için yaptın, yapmasan olmaz mıydı?" diye sorgulamaya kalksa ne kadar nezaketsizlik yapmış olur.

Allah'ın da "kâinatı niçin yarattığı" konusunu sorgulamaya kalkmak, öncelikle bir nezaketsizliktir. Zaten bu konuya kendi akıl ölçülerimizle açıklama getirsek de bir sonuç alamayız. Çünkü yaratan, ne için yarattığını kendisi açıklamadan, yaratılan olan bizler bunu açıklayamayız. Açıklasak da yine eksik ve noksan kalır; ama bu soruya bir nebzecik de olsa bir cevap vermek bakımından şunlar söylenebilir:

Önce yaratmanın bir ihtiyaçtan ileri gelmediğini ve tamamen Cenab-ı Hakk'ın, kendi bileceği bir tercih olduğunu ifade etmek lazımdır. Bu kâinatın yaratılmasındaki en önemli sebep Allah-u Teâlâ'nın kendi manevî güzelliğini ve mükemmelliğini, yarattığı mahlûkatta görmek istemesidir. Yani ilminin sonuçlarını, kudretinin harikalığını, güzelliğinin yansımalarını, zenginliğinin genişliğini, merhamet ve şefkatinin tecellilerini, mevcudat aynasında bizzat seyretmek istemesidir.

Bilindiği gibi meşhur bir kaide vardır; "Her cemal (güzellik) ve kemal (mükemmellik) sahibi, kendi cemal ve kemalini görmek ve göstermek ister." (*Sözler*)

Bu arzuyu maharetli sanatkârlarda görmek mümkündür. Mesela usta bir ressam çeşitli resimler yapar. Eserlerini önce kendi seyreder, onda sanatının güzelliğini görür. Tarifsiz bir lezzet alır. Sonra sergiler açar, seyircilere gösterir. Onların takdir ve tebriklerinden memnun olur.

Öte yandan değerli bilgilere sahip olan bir âlim, faydalı kitaplar yazar. İlminden başkasının da faydalanmasını ister. Okuyucuların bundan istifade ettiğini görüp teşekkürlerini de işittikçe bu faaliyetinden dolayı sonsuz zevk alır.

Bu konuda bilinmesi gereken diğer bir nokta da şudur: "Mahlukatı halk ettim ta ki fayda, menfaat, lütuf ve kerem onlara ola yoksa bana değil. Yani onlar benden fayda göreler, ben onlardan değil" hadis-i kudsisinin beyanı ile yaratılanlar, Cenab-ı Hakk'ın inayet ve ikramına, lütuf ve keremine, ihsan ve merhametine muhtaçtırlar. İşte, bütün mahlukatı yoktan yaratıp onlara en büyük ikramları sunan ve bütün ihtiyaçlarını yerine getiren, bir de onlara ebedî bir hayat vaat eden Cenab-ı Hakk'a "Niçin bu kâinatı yarattın?" denilebilir mi? İnsanın üzerine düşen en önemli görev, kendisiyle ilgili bilinmezlerin peşinde olmasıdır.

Niçin var olmuştur? Vazifesi nedir? Nereye gitmektedir? Kime, nasıl hesap verecektir? Bir hayat boyu etrafını kuşatan ikramların ve nimetlerin sahibi, kendisinden ne istemektedir?

Öncelikle, bir insan için bu soruların cevabı önemlidir.

İLK NAMAZ

İLK NAMAZ... HAYATIMDA böyle bir heyecan, böyle bir ürperti, böyle bir huzur duymamıştım. Ateşle, yanan vücudumun her atomuna, sanki bir kilo buz koymuşlar gibi tatlı ve doyumsuz bir iklime kavuşmuştum.

Evet, ilk namaz... Ya Rab! Bu, ne kadar anlatılmaz bir mutluluk! Yatağımın örtüsünü önüme koyup seccade yaptım. Takatim olmadığı için kalkmadan, eğilip doğrulmadan kılıyordum namazımı. Meğer böyle de kılabiliyormuşum. Meğer Allah, kullarına ne kadar kolaylıklar sağlamış. Yeter ki O'na yönel ve O'ndan iste.

"Allahu Ekber" diye aldığım tekbirin yankısı bütün damarlarıma yayılarak beni mest etmişti. Dayanamadım, hıçkırmaya başladım.

O büyük Zat'ın bu kadar yüce, bu kadar büyük ve bu derece hürmete layık olduğunu şimdiye kadar bilmemenin, anlayamamanın pişmanlığı, içindeydim. Meğer Allah'a yönelmek, O'na el açmak, O'nun kapısını çalmak ve günahlarının affını O'ndan istemek, insanı büyülü ve esrarlı dünyalara götürüyormuş.

"Hey insanlar! Gelin, ne olursunuz, bu hazza ortak olun. İçimin titrediğine, af dileklerime şahit olun. Bütün hatalardan, günahlardan tövbe ettiğimi, vazgeçtiğimi bilin. Benim hatama düşmeyin, benim yanlışımı yapmayın. Başımı secdeye koydum. Aman Allah'ım! Yüceler yücesi, Sevgililer Sevgilisi'nin önüne baş koymak. Ya Rab! Artık Sen'den ne isteyebilirim? Bana bugünleri de gösterdin."

Kendimi alamıyordum. Bu öyle bir gözyaşıydı ki bugüne kadar döktüğüm bütün gözyaşlarına bedeldi. Bütün feryatları, figanları boşa çıkarırdı.

Ağladıkça rahatlıyordum, gözyaşı döktükçe içimin günahı, kiri dökülüyor veya öyle bir hafiflik ve huzur hissediyordum. Ruhumda, kalbimde biriken kirler, hatalar, ayıplar bir bir eriyordu, başımı koyduğum yastığa akıyordu.

"Yüceler Yücesi, ne olur bu gözyaşlarımı kabul et. Bu dileklerimi geri çevirme. Sen kapına geleni kovmazsın. Ne kadar günahları, hataları olsa da affedersin. Zaten başka çarem, başka kapım da yok. Eğer Sen kabul etmezsen ben hangi kapıya gideyim? Ben kime kendimi anlatayım?

"Beni, Sen yarattın. Ben Sen'in günahkâr bir kulunum. Bin defa tövbemi bozdum; ama yine Sen'in dergâhına geldim. Beni boş çevirme," diye dua ediyordum. Kendimden geçmişim.

Yine odayı feryadım ve çığlıklarım doldurmuş. Farkında değildim. Hemşireler koşup geldiler. Beni bir türlü teselli edemiyorlardı. Saatlerce kendime gelememiştim. Binlerce, milyonlarca kez kendime acıyordum. "Niçin bugüne kadar bu hazdan mahrum oldum?" diye yırtınıyorum.

Dünyalar güzeli, Ebrunur odama girdi. Yüzünde eksik olmayan o gülücüğü ve şefkatiyle hâl hatır sordu.

Namaza başladığımı anlattım. Nasıl mutlu oldu, nasıl bir sevgiyle bana sarılıp, ağlamaya başladı, anlatamam. Bazı sorularım vardı. Çantasını açtı, bir tane kitap çıkardı.

– Sana kitap getirdim, dedi. Bana tek tek soru sorup yorulma. Bu kitabı oku, sonra da soruların kalırsa sorarsın. Yani bu kitap birçok sorununa cevap verecektir.

KENDİNİ ARAYAN ADAM

KENDİNİ ARAYAN ADAM... Yazarı sizdiniz. Hay Allah, bu kitabı yıllar önce, lisedeki matematik öğretmenim Bilal Bey'in eşi de vermişti; ama o zaman dikkatimi çekmemişti, okumamıştım.

O gün yine *Risale-i Nur*'dan bazı pasajlar okuduk, sohbet ettik. Kafama takılan soruları sordum. Ebrunur Hanım, o kadar mükemmel bir insandı ki kendisini o kadar iyi yetiştirmişti ki ne sorarsam sorayım aklıma, mantığıma uygun, beni ikna eden cevaplar veriyordu.

O günün gecesi kitabı okumaya başladım. Tam olarak benim gibi birini anlatıyordu. Benim gibi kendini yitirmiş, bitirmiş, "Bir kurtarıcı yok mu?" diye çırpınıp duran insanların kitabıydı bu. Bir öğretmenle bir ateistin serüveni; kitapta neler yoktu ki? Bu kitap dikkatle okunduğu zaman, insanın aklını ve kalbini perdeleyen, engelleyen, bazı doğrulara ulaşmaya mâni olan her şey yıkılıyor, ortadan kaldırılıyordu. İnsan Yaratıcı'sıyla baş başa, kulluğun hazzına ulaşıyordu.

Allah'ın varlığı, ikna edici bilimsel delillerle sunuluyor, kâinatın ezelî ve ebedî bir madde olmadığını ve ateistlerin iddialarının geçersiz olduğunu ortaya koyuyordu. Daha birçok ayrıntı vardı, hepsi de ve enfes tespitlerdir... Sonu da heyecanla bitiyordu. Uzun yıllarını ateistlikle geçirmiş ünlü bir komünistin dönüşü ve ilk namazı, Allah'ım buna can mı dayanır?..

O "ilk namaz"ı okurken saatlerce ağlamıştım. Tıpkı benim yaşadığım yüksek gerilimli sahne gibi. İmana gelmek, Allah'a dönmek, O'na el açmak, af dilemek... Bu ne demektir siz bilemezsiniz. Bunu, imanını kaybedip, sonra da o bulanlar bilir.

Kendini Arayan Adam, sanki sihirli bir doktor gibi manevî problemlerime ilaçlar sundu, cevapsız zannettiğim sorularımı cevapladı.

DÜZCELİ MEHMET

Bugün yine dünyalar iyisi, melekler kadar temiz arkadaşım Ebrunur Hanım'la birlikteydik. Yine o doyumsuz sohbet, bilmediğim konular, yapmam gerekenler hakkında konuştuk. *Risale-i Nur* sohbeti ise bir içim suydu, doyumsuz bir hazdı.

Bu gün de çok şeyler konuştuk. Birçok problemim çözüldü. Yanımdan ayrılmadan önce bana ikinci bir kitap verdi, melek arkadaşım.

Düzceli Mehmet... Yine sizin kitabınız.

Bu kitabın etkisi ve büyüsü daha başkaydı. Tıpkı ben ve benim hayatım vardı o kitapta. Dik kafalı, insanlara, dünyaya ve Allah'a isyan etmiş bir gençti Mehmet. Sonuç? Tam anlamıyla bir ibret serüveniydi. İnsanı hayrete düşüren bir son yaşıyordu. Kitapta çok önemli konular vardı.

Bu konular yıllardır benim çözümünü ve cevabını aradığım, bir türlü bulamadığım ve ulaşamadığım konulardan ibaretti. Belki de cevapsız kalışı, benim ateist oluşumun da en önemli sebeplerinden birisiydi.

Hocam size gücümün yettiğince teşekkür ediyor ve size minnet duyuyorum, böyle bir kitap için...

En çok ilgimi çeken konuların altını bir kez daha çizmek istiyorum.

"Binlerce nimeti sunan Zat, bunları bedava verir mi?" başlığı altındaki bölüm oldukça dikkat çekiciydi.

Özellikle de şu paragraf beni çok etkiledi:

"Bizi bu dünyaya gönderen ve bizlere bedava nimetler sunan Zat, bizleri bir gaye için göndermiş olmalı ve alıp götürdüğü zaman da bir hesaba çekmelidir. Çünkü her alışverişin bir karşılığı ve bir hesabı vardır."

Çok doğru. Her alışverişin bir hesabı olmalı. Bunu nasıl gözden kaçırmıştım? Nasıl idrak edememiştim?

En çok ilgimi çeken diğer bir konu da "Kâinatın bir başlangıcı vardır. Bir de bitişi olacaktır" başlığıyla ele alınan metindir. Çünkü yıllardır taşıdığım ve savunduğum felsefemde madde, ezelidir. Bir başlangıcı yoktur. Bir sonu da olmayacaktır. Dolayısıyla bir planlama da söz konusu değildir. Bu şekilde Allah'ın (hâşâ) varlığı da gereksizdir; ama 2-3 sayfalık bu metinden çok yararlandım. Deyim yerindeyse bu bilimsel açıklama inatla savunduğum felsefemin son kalıntılarını da silmiş oldu. "Çürümüş kemikleri kim diriltecek?" başlığı ile verilen bilgiler ise tek kelimeyle harikaydı.

Şu paragrafları âdeta ezberledim:

"İnsanın maddî hayatının nasıl saklanacağı ve öldükten sonra nasıl iade edileceği konusu akıldan uzak görülebilir. Ancak, bir insanın maddî bütün özellikleri, bir toplu iğne başının on milyarda biri kadar olan küçük tohum kartlarına (DNA'lara) yazılabilir. Bu ilmî gerçek, kesinlikle doğrulanmıştır. Böyle bir tohum kartının eğer toprakta gelişme şansı olsa idi yeryüzüne gelmiş ve gelecek olan bütün insanların tohum tohum kartlarını bir bardağa doldurarak toprağa atmak ve hepsini birden diriltmek mümkün olabilecekti.

"Toprak altında asırlarca bozulmayan ve bu arada hiçbir canlılık emaresi taşımayan virüsler, uygun bir ortamda tekrar hayat bulurken vefat etmiş insanoğlunun Cenab-ı Hak-k'ın emriyle tekrar hayat bulmamasına imkân var mıdır?

"Kâinatı, bütün mahlukatıyla birlikte, kusursuz olarak yaratan Rabb'imiz, o bir çay bardağı dolusu şifreyi arza döküp 'Ol!' emriyle tek tek dirilterek İlahî sahnede toplayacaktır."

Beni âdeta büyüleyen bir konu da "Biz Kaderin Mahkûmu muyuz?" başlığı altında işlenen yerdi.

Kaderle ilgili şu tespit bana yetmişti:

"Cenab-ı Hak, doğumumuzdan ölümümüze kadar neleri tercih edeceğimizi, neleri isteyeceğimizi ve nasıl bir yaşama arzusu içinde olacağımızı ve iredemizi nasıl kullanacağımızı, ezelî ilmiyle daha doğmadan önce biliyor ve bu isteklerimize göre kaderimizi yazıyor. Yani bizim tercihlerimize ve isteklerimize göre Cenab-ı Hak kaderimizi önceden planlayıp oluşturuyor. Bundan dolayı, hâşâ Allah ve kaderi suçlama hakkımız yoktur; ancak, yanlış kullandığımız irademize suç bulabiliriz."

GERÇEK BİR İMANA EREN, DÜNYANIN EN MUTLU İNSANI OLUR

D*ÜZCELİ MEHMET*'İ bitirince şunu çok iyi anlamıştım. İman öyle bir kuvvet, öyle bir güç ki ona tam ulaşan biri, bu dünyanın en mutlu insanı olur.

Şunu itiraf etmek zorundayım:

Allah'a inanmayan insanlar mutsuzdur, umutsuzdur. Mutlu ve kararlı görünseler de bu duruşları sahtedir.

Ne kadar insan "İnanmıyorum, yok böyle bir şey" dese de çok derinlerde "Allah var, seni yaratan O!" haykırışları duyulur. Ben o sesi hiçbir gün bastıramadım ve susturamadım. En ateist, en saldırgan olduğum günlerde bile ruhumun derinliklerinde o sıcak ve şefkatli sesi duydum. "Allah var, O'na sığın" diye haykırıyordu içimdeki ses; ama itiraf edemedim bir türlü. Bütün bunlar yanlış bildiğimiz inanç yüzündendi tabii.

Bu bir toplum suçudur, bir eğitim suçudur, bir yönetim suçudur. Gençlere iman ve inanç vermezseniz asi, isyankâr ve yıkıcı bireyler kendiliğinden yetişmiş olur. Sonra da çıkıp "Neden gençler anarşist oldu?" denilebilir mi?

Bu işte payı olanlar duysun ve titresin. İnanıyorum ki Allah bizden bir hesap sorarsa onlardan yüz hesap soracaktır.

Konuya derinlik katmak için bir anımı anlatmak istiyorum:

Hukukta okurken toplantıya çağrılmıştık. Yine yurdu, milleti; hatta bütün dünyayı kurtaracaktık. Her kürsüye çıkan yoldaş, bildik söylemleriyle ateşli konuşmalar yapıyordu. Ben yine kendimde olmadığım için neler konuşulduğunu bölük pörçük duyabilmiştim.

Tanıdık bir arkadaşımız kürsüdeydi. O popüler bir ustaydı. Hukuktan tıbba, ressamlıktan yazarlığa, her yerde su içmiş, ama karnı bir türlü doymamıştı. O bizim fikir üstadımızdı. Görüşleri her ne kadar bize göre radikal olsa da bol bol alkış alırdı. Şiirimsi bir konuşma tarzı vardı. Coşar, coşturur, bazen de düşündürürdü.

Yine konuşuyordu.

"Hayata bir kez geliriz. Ölünce de biter bu iş. Bir daha gözlerinizi açamayacaksınız, bu dostluğu, bu hoşluğu bir daha yaşayamayacaksınız. 'Tekrar dirilmek' veya 'Başka bedene girmek' gibi fikirleri geçin. Onlar akıldan, bilimden uzak şeyler. Evren de biz de maddeyiz. Biz ölünce de her şey yok olacak.

"Korkmayın sizi, sizden başka kimse denetleyemez. Öyle haram, helal korkularına kapılmayın. Bunlar Orta Çağ düşünceleridir. İstediğiniz, dilediğiniz hayatı; dilediğiniz yerde ve istediğiniz kişiyle... İşte hayatı gönlünce yaşama ve mutluluk budur."

Alkış alıyordu bol bol... Bu bizim Serkan ustamızdı. Bizlerin öncüsü, fikir babası ve rehberi olan Serkan Usta. Aniden aramızdan ayrıldı. Sonra da onun dönüş yaptığını, namaza başladığını öğrendik. O zaman buna bir anlam verememiştik. Şimdi anlıyorum ki Serkan Usta bu hakikatlerle kucaklaşmış olmalı. Bizi yönetenler, öğretmenler, anne-babalar bu doğruları gençliğe anlatsalar inanın ki toplumda terslik, adaletsizlik ve çarpıklık kalmayacaktır. Peki, niçin anlatmıyorlar?

Bildiğim kadarıyla, gençliğe bu iman yolunu göstermek için çalışmalar yapan insanlara da engel olunuyor.

Devletine bağlı kişilere, devlet sahip çıkmalı. Hukukta okurken bana yakın ilgi gösteren bir kız arkadaşım, beni ısrarla evine davet etmişti. Eve gittiğimizde hukukta okuyan 15-20 toplanmıştı. Kapalı, dindar insanlardı.

Pazar günü idi. Dinî sohbetler edildi, yemekler yendi. Asla siyasetten, devlete yönelik eleştiriden, vurmadan ve kırmadan söz edilmedi. Tam tersine insanın nasıl daha iyi olabileceği, Allah'a nasıl daha iyi kul olunabileceği ve ahirete iman gibi konular anlatıldı.

Tam dağılıyorduk ki evi polis bastı. Kızları karakola götürdüler. İçlerinde tek açık olan bendim.

Polis benim kıyafetime bakınca "Sen ne geziyorsun bunların içinde" dedi. "Ayrıl bakalım şuradan, bir daha da seni buralarda görmeyelim."

Bu olay beni çok düşündürmüştü.

Devleti yıkmaya çalışan bizdik. İnançsız, ateist, kuralsız ve her türlü zararlı alışkanlıkları olanlar da bizdik. Bizler "çağdaş ve ilerici" olarak takdir görüyorduk. İnsanları düzeltmeye çalışan, devletin bekasını ve birliğini savunanlar da "Niçin toplantı yapıyorsunuz? Niçin dinî sohbetlerde bulunuyorsunuz?" diye karakollara götürülüyordu.

Devlet, bu yanlışı çabuk görmeli. Dostunu ve düşmanını iyi ayırmalıdır. O gün, bu durum, bizim hoşumuza gidiyordu. Şimdi ise bu yanlışı çok iyi anlıyorum.

Hocam, mektubu bugün de burada kesmek istiyorum.

Çok geç oldu. Yoruldum; ama huzur içinde yatacağım. Allah hepimize rahatlık versin. İnşallah, sabah, namaza kalkacağım. Artık, günlük programım namaz üzerine kurulu.

BEŞİNCİ BÖLÜM

VE ÖLÜM DÖŞEĞİNDE DİRİLİŞ

Bölümün Özeti

Bir mucize gerçekleşti. Ölümü beklerken yeni bir hayat ve yeni bir diriliş başladı. Gözyaşlarımın seccademi suladığı bu hayat sahnem, bir ömre bedeldi.

BEN ESKİ AYSEL DEĞİLİM

Yine sabah ve yine size yazıyorum hocam…

NAMAZLARIMI iple çekiyorum. Bu bana doyumsuz bir haz veriyor. Her seferinde manevî bir banyo, bir temizlik oluyor, hafifliyor, rahatlıyorum.

Yüce Allah'ın huzuruna durmak beni bir çekim merkezine sürüklüyor. Namaz boyunca bütün bedenimin titrediğini hissediyorum. Tarif edilmez bir huzur iklimiyle buluşuyorum.

Asistan Bey'in nişanlısı Ebrunur Hanım'dan Allah razı olsun. Dünyalar tatlısı arkadaşımla tanışalı tam bir hafta oldu. Şu kesin ki artık ben bir hafta önceki Aysel değilim. Herhâlde "değişim" ve "dönüş yapma" buna denir.

Her günümüz yüklü bir okul programı gibi geçiyor. Risale-i Nur, Cevşen, sohbet, soru-cevap... Günlerin nasıl geçtiğini bilemiyorum.

Kalbimi, duygularımı ve düşüncelerimi yokluyorum. Geçmişin en ufak bir kırıntısı yok. Yalnızca, o büyük günahların acısı, eksikliği ve mahcubiyeti içindeyim.

"Bütün bu çirkin hayatta benim suçum ve benim rolüm yok" diyemem. Tabi ki önüme çıkan birçok fırsatları teptim ve iman yolu ile buluşmamı engelledim; ama ben sahipsiz, kimsesiz, başıboş bir kızdım. Etrafında iyi niyetli yandaşlarım yoktu. Hepsi art niyetli insanlardı.

Öyle bir bataklığa, birçok günaha ve yanlışa saplandım ki artık kurtuluş ümidim de yoktu. Biliyordum yanlış yaptığımı. Bütün bu hatalarla zaman zaman mücadele ettim; ama yalnızdım, başaramadım. Şimdi ise yolun sonunda Allah'ı bulmuş bir kulum, ama bunca günahtan ve hatadan sonra.

İsyanlarımın, ayıplarımın ve yanlışlarımın çokluğundan ürperiyorum. Ya Allah beni kabul etmezse? Ya Rabb'im bunca hataları affetmezse? İşte beni yakan, yıkan ihtimal bu.

Bir an olsun bu düşünceyi söküp atamıyorum. Biliyorum, Allah'ın affı, mağfireti ve merhameti yücedir. Tek tesellim de budur. Her namazda, her saatte, her dakikada; hatta her saniyede Mevla'mın huzurunda olduğumu biliyorum. Bunun içindir ki gözyaşlarımı bir türlü kurutamıyorum.

Gözlerim kapansa da içim, yüreğim ve bütün dünyam ağlıyor.

ALLAH'IN AFFI VE MERHAMETİ

EBRUNUR HANIMLA bugünkü sohbetimizin konusu "Allah'ın affı ve merhameti" idi. Arkadaşım Ebrunur Hanım, beni teselli etmek için böyle bir konu seçmişti.

Günah ve afla ilgili ayet ve hadisleri not etmiştim:

Hadisler:

"Her mümin, günah ile eskimiş ve tövbe ile yamanmıştır. Bunların hayırlısı, tövbe hâlinde ölendir."

"Ne mutlu, yaptığı suçtan pişman olup ağlayana."

"Ben kalbi kırık olanların yanındayım."

Ayetler:

"Kim Allah'a dayanırsa O, ona yeter. Allah onun işini sonuca ulaştırır." (Talak Suresi, 65:3.)

"Siz, Ben'i zikredin ki ben de sizi zikredeyim." (Bakara Suresi, 2:152.)

"Allah'ı çok zikredin ki kurtuluşa eresiniz." (Ahzâb Suresi, 33:41.)

Bu ayet ve hadisler, bana ümit verdi. Yapılan hataların, işlenen günahların Allah'ın affı karşısında bir hiç olduğunun anlattı bana. İçimi yakan ateş bir derece hafifledi.

Bir Allah sevgilisi, bir gönül dostu olan Mevlana da aynı ümidi taşımış ve aynı çağrıyı yapmıştı:

"Yine de gel... Yine de gel!

Ne olursan ol, yine de gel!
Bu bizim dergâhımız, ümitsizlik dergâhı değildir.
Yüz kere tövbeni bozmuş bile olsan, yine gel!"

Bediüzzaman Hazretleri'nin dediği gibi "Her insanın başına imanı kazanmak veya kaybetmek davası açılmıştır." Bundan kaçmak, kurtulmak, bu konuyu duymamak veya ilgilenmemek mümkün mü?

Ben böyle bir girdabın içindeyim. İmanı kazanmak davasının ne demek olduğunu, bütün benliğimle, ürpererek titreyerek hissediyorum.

Şu kapının esrarengiz bir şekilde açılıp ölüm meleğinin içeriye süzüleceğini ve ibretli bir final olacağını biliyorum.

İNSANIN EN BÜYÜK GAYESİ İMANI KAZANMAK OLMALIYMIŞ

O MİSAFİRLER misafiridir. O hayatın sona erdiğini ilan eden melektir. Adı ürpertici olsa da kendisi Allah'ın emrini uygular. Çaresiz, başımı önüne uzatıp beni Allah'la buluşturacak olan son hamle ile canımı vermek için "Buyurun" diyeceğim.

Şimdi çok iyi anlıyorum. Bir insanın en büyük amacı, en büyük hedefi, en büyük davası "imanı" kazanmak olmalıymış. Çünkü finalde, geçer akçe oymuş. Her şeyin sustuğu, yalnızca imanın konuştuğu son anda... O anda insana hiçbir kuvvet imdat etmeyecek; ne dost ne arkadaş ne güzellik ne de zenginlik... Hayatın, yaşamanın anlamını yeni çözüyorum, yeni anlıyorum. Hayatın tek anlamı varmış, imanı kazanmak veya kaybetmek. Bütün hesaplar bunun üstüne kuruluymuş meğer.

"Yardım et ya Rab! Benim gibi hayatını rezil yollarda tüketmiş kuluna yardım et. Yüzüm yok, mahcubum, üzgünüm, acı içindeyim. Son günlerimi, son anlarımı yaşıyorum. Sen'den başka yârim, yaranım, dostum ve gücüm yok.

"Yine Sana hamdolsun, yine Sana şükürler olsun. Bunları anlamadan ömrüm fena bir bataklıkta iken sona erseydi o ebedî cehennem hapsinde mi kalacaktım! Sonsuz bir ömürde, anneme, kardeşime, babama kavuşamadan... Allah'ım! Düşüncesi bile insanı ürpertiyor."

KÂBE'DE ANNEMİ GÖRÜYORUM

SAYIN HOCAM, size yazıp yazmama konusunda ikilemde kaldığım bir olay yaşadım. Asistan Bey'in de ısrarıyla, yaşadığım olayı sizinle paylaşmaya karar verdim; fakat ayrıntıları yazamayacağım, çünkü düşündüğüm zaman bile dayanamıyorum.

Kur'an öğrenmeye başlayalı sekiz gün oldu. Artık kendi başıma okuyabiliyorum. Özellikle de yatsı namazından sonra ve sabah namazından önce okuyorum.

Gerek Cevşen'in gerekse de Kur'an'ın anlamlarını bilmediğim hâlde, sanki bana her harfi farklı bir büyü yapıyor, farklı frekanslardan farklı mutluluklar taşıyor. Ne kadar hafiflediğimi, rahatladığımı anlatamam.

İnanmanızı istiyorum ki Cevşen veya Kur'an okumaya başlayınca o çok ağır acılarım, ağrılarım bıçak keser gibi bitiyor. Okumayı bitirince yeniden başlıyor. Bunun, Kur'an ve Cevşen'in bir kerameti olduğu apaçık.

Bu doyumsuz atmosferde yüzerken çok ilginç bir hadise çaldı kapımı. Hâlâ etkisindeyim. Bunu bir şükür, bir hamd ve bir ibret için yazıyorum size.

Yaşadığım bu esrarlı olayı hatırlayınca âdeta kendimden geçiyorum.

Dökülüyorum, kuvvetim bitiyor, direncim kalmıyor. Bütün vücudumu dayanılmaz bir heyecan kasırgası kaplıyor.

"Ya Rab! Sen yüceler yücesisin. Her mazlumun, her mahzunun, her çaresizin ve her kulunun hamisi, yardımcısı, dayanağı Sen'sin. Bu günahkâr kuluna rüya da olsa bu güzel duyguları verdiğin ve yaşattığın için binlerce, milyonlarca şükürler olsun."

Dün sabah, namaz için hazırlık yaptım. Bir saat önce kalktım. Biraz Kur'an, biraz Cevşen biraz da *Hanımlar Rehberi*'nden okudum, beslendim, huzur buldum, rahatladım.

Huşu içinde Rabb'imin önünde el bağladım, namaza durdum.

Söylemek zorundayım. Artık benim namazlarım iki sevdalının buluşması gibi... Namaza başladığım zaman sanki karşımda Rabb'imin varlığını, haşmetini, bütün hücrelerimle hissediyorum, titriyorum, ürperiyorum. O'na el açıp boyun bükmek, O'nun huzurunda ağlamak, af dilemek... Anlatamam, asla anlatamam... Bu duygu, bu sevgi, bu aşk hiçbir şeye benzemiyor. Bütün dünyamı haz ve lezzetle dolduruyor.

O tarifsiz sevginin, aşkın tadını yudum yudum tatmadığım bir ânım yok. Kendimi sanki bir bebek kadar temiz ve masum hissediyorum. Ah, bir de sonum öyle olsa! Bunun için kaç kez kurban olmayı istemem ki...

"Nasip et, ne olur bu kuluna nasip et Ya Rab!"

Bu duygular içinde Rabb'imin huzurundaydım. Gözümden akan yaşların yanaklarıma doğru indiğini hissediyordum. Ya kalbimin heyecanla, aşkla çarpışı; sanki yaramaz bir çocuğun elindeki kuş gibiydim.

İşte o anda müthiş olay gerçekleşti.

Önümde duran duvar, pencere, perde bir anda kayboldu. Bir sinema ekranı gibi başka bir sahne göründü.

Yalnızca resimlerde gördüğüm Kâbe, tam karşımda duruyordu. Daha başka bir ifadeyle, ben o sahnenin içindeydim. Binlerce Müslüman'ın "Allahu Ekber! Allahu Ekber" sesleri arasında Kâbe'ye doğru namaz kılıyordum. Müthiş bir heyecan, şaşkınlık ve ürperti içindeydim. O iklimin dayanılmaz hazzı bütün damarlarımı kuşatmıştı. Bu bir hayal değildi. Çünkü insanlara değiyordum, konuşmalarını duyuyordum. "Ya Rab! Ne olur, bu rüya olmasın, uyanınca bitmesin" diye yalvarıyordum.

Bir el kolumdan tuttu ve "Yavrum" diye sarıldı bana.

– Anne!..

Yanı başında da kardeşim duruyordu; yine babam yoktu. Sorunca aynı cevabı aldım.

– Henüz hesabı bitmediği için o gelemedi.

Annemin o dayanılmaz kokusunu çektim içime. Sarıldım, kokladım, öptüm. Kardeşimi kucakladım. Annem:

– Kızım, seni tebrik ederim, dedi. Sen, Üstad'ın kitaplarını okumaya başlamışsın. Ne kadar sevindim, ne kadar. Benim imanımı o risaleler kurtardı.

Sana çok dualar ettik. Bizler her cuma günü Peygamber Efendi'miz (a.s.m.) ile müşerref oluyoruz.

Senin için kaç kez Peygamber'imize (a.s.m.) yalvardım. Demek ki yalvarışımızı Rabb'im geri çevirmedi. Çok şükür, Rabb'im! Sen isteyenlere verensin.

Gel, seni Efendi'mize (a.s.m.) götüreceğim.

Aman Allah'ım ben! Benim gibi günahkâr, isyankâr bir kul, öyle mi?

Efendi'miz (a.s.m.) ile müşerref olduk. Bu günahkâr ümmetini kabul buyurdular, beni adam yerine koydular. "Seni mübarek bir günde çağıracağız" dediler.

Kendime geldim; hâlâ namazdaydım. Bu bir rüya mıydı, hayal miydi, yoksa başka bir şey miydi?

Nasıl doyulur bu hale? Nasıl dayanılır bu sahneye?

"Ya Rab!

Beni bunca nimetlere layık et. Bu gördüklerimi gerçek eyle! Eli boş gönderme, mahcup etme. Sen'in affın ve rahmetin bütün günahlardan, hatalardan ve isyanlardan fazladır."

Evet, çok iyi anladım hocam; galiba mübarek bir günde hayata veda etmek nasip olacak.

Mübarek bir gün; bu cuma da olabilir, yaklaşmakta olan Beraat Kandili de. İkisi de çok yakın. Yolcuyum anlayacağınız. Güzeller güzeline, Yüceler yücesine gidiyorum. Bütün günahlarımla, hatalarımla, isyanlarımla... O'nun kapısına gidip boynumu bükeceğim.

Yine takatim bitti, direncim tükendi. Biraz daha müsaade...

ARKADAŞIM EMİNE'YE KAVUŞTUM

Bugün, benim için bir sonun başlangıcıydı. Biri çok güzel, öbürü de sayılı günlerimi haber veren iki sürpriz çaldı kapımı.

Birincisi, yine tetkiklerin sonuçlarıydı. Vücut sarayım yıkılıyor. Hayat tünelinin ucundaki ölüm fenerinin ışığı apaçık görünüyor artık. Bunu halimin direncinden de anlıyorum.

Bazen ağrılarım dayanılmaz boyutlara ulaşıyor. Uyuşturucuların bile aciz kaldığı anlar yaşıyorum; ama şikâyet etmiyorum. Buna hakkım var mı? Çünkü mülk benim değil. Mülkü veren ve onda istediği gibi tasarruf eden O'dur. Biz yalnızca emanetçiyiz. Emanetçi olan emanete yalnızca nezaret eder; ama sahip çıkamaz.

İkincisi de yollarını gözlediğim, hasretini çektiğim Emine.

Bu sabah kapımı açıp melekler gibi odama süzüldü. Bütün acıyı, bütün hüznü, bütün ağrıyı unuttum. Yılların hasretiyle sarmaş dolaş olduk bu vefalı, gerçek dostumla.

Sağ olsun Asistan Bey, Emine'yi bulmuş. Daha doğrusu Emine, Asistanı ve beni bulmuş.

Ben tetkikler için aşağı inerken beni Emine görmüş. Tabii bu bitmiş, tükenmiş hâlimle beni tanımakta güçlük çekmiş. Servise sormak için yukarı çıkınca Asistan Bey'le karşılaşmış, beni sormuş. Asistan Bey de benim Emine'yi beklediğimi bildiği için hemen yanıma göndermiş. Meğer Emine de bu fakültede öğrenciymiş. Yani biz, yanı başımızdaki Emine'yi arıyormuşuz.

Ah, Emine ah! Sen ne kıymetli bir arkadaşsın. Sen ne güzel dostsun. Beni bu çirkeften kurtarmak için günahların elinden almak için bu iman hakikatlerinden haberdar etmek için az mı uğraştın? Az mı benim peşimde gezdin? Az mı bana destek oldun? Sen, zor günlerin, dar günlerin yoldaşıydın. Bak yine öyle yaptın. Zaten sana ve senin gibilere de böylesi yakışır.

Bu toplumda böyle insanların yetişmesi lazım yoksa gençlik başka türlü kendini günahlardan ve kötülüklerden koruyamaz.

Emine, kendine has o büyüleyici, etkileyici davranışları ve pırıl pırıl yüreğiyle beni teselli ediyor; ölümün, ahiretin, imanın hazzını, lezzetini anlatıyordu.

Asistan Bey'in nişanlısı Ebrunur ile Emine, koruyucu melekler gibi başucumdalar. Onlar da biliyorlar, bu vücut sarayının birer birer taşlarını düşürdüğünü ve hızla bir çöküşe doğru gittiğini.

Emine, dosyamı incelemiş. Odaya girince fark ettirmemeye çalıştı; ama ben yüz hatlarının gizli kıvrımlarında, hastalığımın vahametini yakaladım, gözlerine bakarken. Bana şefkatle sarıldı tekrar. "İyileşeceksin, korkma!" sözündeki ses tonu sanki "Hazırlan, yolcusun!" gibi çıkıyordu.

AZRAİL MELEĞİYLE BULUŞMA ANIMI BEKLİYORUM

YOLCUYUM; HUZUR-U İLAHİYE'YE çıkma günümü, Azrail meleğiyle buluşma günümü saymaya başladım. Bu satırları karalarken son gücümü kullanıyorum. Çünkü artık kalkamıyorum, oturamıyorum. Namazlarımı işaretlerle kılıyorum. Bu, artık dönüşsüz yol demektir.

Şu Allah'ın işine bakın ki hocam bu mektubu ne amaçla yazmaya başlamıştım, şimdi ne oldu? İntihar niyetiyle başladığım mektup maceram, beni, Rabb'imin huzuruna getirdi. Sana sonsuz şükürler, Allah'ım!

Sizden bir isteğim var hocam.

Siz yüzlerce, binlerce öğrenci yetiştirmişsiniz. Bunların içinde doğru yolu bulmuş, iman hakikatlerine kavuşmuş öğrencileriniz çoktur. *Düzceli Mehmet* gibi şehit olan, duası reddedilmeyen daha çok öğrencileriniz vardır veya daha başka mübarek insanları tanıyorsunuzdur.

Ne olursunuz, bana dua edin, dua ettirin. Beni de bir öğrenciniz kabul edin. Mademki öğretmensiniz, sizin de benim için bir sorumluluğunuz olmalı. Eğer Üstad'ın kabrini biliyorsanız benim için de Fatiha okuyun. Benim de kusurlu selam ve dualarımı iletin.

Emirdağı'na, Barla'ya, Isparta'ya veya Urfa'ya giderseniz

Üstad'ımın manevî makamı önünde bu günahkâr Aysel'i de talebeliğine kabul etmesi için saygılarımı, hürmetlerimi ve yalvarışlarımı iletin.

Reddederse ne yapayım? Eğer kabul ederse bana dünyaları bağışlayacağını bilmesini isterim.

Kur'an-ı Kerim, Cevşen ve *Risale-i Nur* okuduğunuzda, dualar ettiğinizde bu talebenizin de ismini zikredin. Bunu sizden çok istiyorum. Ne olursunuz unutmayın hocam.

Bu mektup benim için çok özel oldu ve hiç beklemediğim bir şekilde bitti. Hani derler ya "Görelim Mevla neyler, neylerse güzel eyler". Ben de bu mektuba ne niyetle başlamıştım, Rabb'im nasıl bitirmeyi nasip etti!

Bu mektup benim tek mirasım ve tek şahidim. Bir anlamda itiraflarımın, hesaplaşmalarımın, günahlarımın ve pişmanlığımın açık bir belgesi. İnşallah okuyanlar, duyanlar dualar ederler de bu kızınıza şefaat olur.

Hem mektup bitti hem de ben. Belki de bu son satırlar, son sözlerim olacak. Rüyadan sonra bir cuma geçti, ama ömrüm bitmedi. Mübarek Beraat Kandili'ne iki gün var. Çarşamba akşamı günahlarımın affı için o mübarek gecede yine yalvarıp gözyaşı dökeceğim. Belki de o geceyi bekliyorum.

Bu mektup size ulaşırsa benim için hususî dua etmenizi temenni ediyorum.

Eğer yanımda olsaydınız ellerinizden öpmek isterdim; ama bu mektubum benim yerime ellerinizden öpecektir. En azından öyle kabul edin. Hiç şüphe yok ki huzur-u İlahî'de *Düzceli Mehmet*'in hocasını tanıyacağım. Kitaplarınızdan çok istifade ettim. İmanımı kazanmamda bana çok emeğiniz geçti.

Allah'tan geldim, O'na dönüyorum.

Huzur-u İlahî'ye imanla dönmek, Azrail meleğine imanla ruhumu teslim etmek istiyorum. Bu mektup imanıma şahit olsun.

Allah'ıma emanet olun, hocam. İnşallah size, daha çok imanlı talebe yetiştirmek nasip olur.

Hürmetlerimle, ellerinizden öpüyorum.

Günahkâr talebeniz
Aysel

BU MEKTUBU OKUYANLAR, KENDİNİ HESABA ÇEKMELİDİR

MEKTUBU, EŞİMLE birlikte okuduk; âdeta buz kesmiştik. Yaşanılan anlara hayalen bile olsa gitmek tüylerimizi ürpertmişti. Okurken adeta kahrolmuştuk. Müthiş bir acı, müthiş bir dram, inanılmaz bir hayat öyküsüydü bu.

Küçük yaştan itibaren dayanılmaz çileler çekmiş bir genç kızın acılarına dayanmak ne mümkündü. Okudukça eşim ve ben de ağlaya ağlaya bir hal olmuştuk. Eşim anne şefkatiyle hiç dayanamıyor, "Allah kimseye böyle acı yaşatmasın" diye inleyip kendinden geçiyordu.

Benim de bu elemler karşısında kalbim sıkışıyor, içim daralıyordu. Mektubu yazarken Aysel zaman zaman dayanamıyor ve ara veriyordu. Eşim ve ben de bu aralarda derin bir nefes alıyor, biz de ara veriyorduk. Çünkü âdeta gözyaşlarımızı sellere çeviren bu mektup ikimizi de mecalsiz düşürüyordu.

Zaman zaman da eşimle mektubun üzerinde konuşuyorduk. Yapılan hatalar, fedakârlıklar, iyi niyetler ve kızımızın ifadesiyle "canavarlar", gözümüzün önünden geçiyordu. Mektupta anlatılan hayat serüveni bir kişinin değil, sanki bütün toplumun hatalarını ve yanlışlarını sorguluyordu. Evet,

Aysel'in bu hayat serüveninde, suçun büyük kısmı kendisine aitti. Uzanan onca eli geri itmek, ilk gördüğü müthiş rüyayı göz ardı etmek, annesinin emanetlerindeki mesajlara aldırmamak ve sonunda olması gereken yere gelmek...

Üzülelim mi? Ağlayalım mı? Kızalım mı? Bilemiyorduk.

Mektup bitmişti; ama biz de bitmiştik. Bu sanki sıradan bir mektup değil, bir neslin imansızlık girdabında nasıl çırpındığını anlatan tarihî bir belgeydi. Dinden, imandan mahrum olarak yetiştirilen bir kızın, bu dayanılmaz hayat öyküsüne bakıp kimler utanmalıydı, kimler başlarını öne eğmeliydi?

Yöneticiler, ana-babalar, öğretmenler; toplumdaki herkes...

Bu mektup birçok kimseye ulaşmalı, herkes okumalı ve herkes yaptığı yanlışın ne olduğu konusunda kendini sorgulamalıydı. Bugün Aysel, yarın diğerleri... Topluma kurulan tuzaklar daha çok gençleri bekliyordu.

Bu mektubu okuduktan sonra şu konu bir kere daha kendini hissettirmişti.

"İman, insanı insan eder. Küfür, insanı gayet aciz bir canavar hayvan eder...

"Eğer iman olmazsa veyahut isyan ile o iman tesir etmezse hayatı zahirî ve kısacık bir zevk ve lezzetle beraber, binler derece o zevk ve lezzetten ziyade elemler, hüzünler, kederler verir." (*Sözler*)

Bir asra yaklaşan ömrünü iman ve Kur'an davasına adayan Bediüzzaman, bu uğurda gördüğü çileleri, hapisleri ve sürgünleri bakın nasıl bir örnekle değerlendiriyor:

"Karşımda büyük bir yangın var. Alevleri göklere yükseliyor. İçinde evladım yanıyor, imanım tutuşmuş yanıyor. O yangını söndürmeye gidiyorum. Yolda biri beni kösteklemek istemiş de ayağım ona takılmış, ne ehemmiyeti var."

Evet, gençliğin imanı tutuşuyor. Bu yangın bir nesli mahvedecek. Bu yangın söndürülmezse toplum huzur bulmayacak. Anneler ve babalar feryat etmeye, yöneticilerse imanını yitirmiş anarşistlerle uğraşmaya devam edecekler.

Bu yangın Allah inancıyla, dinî telkinle, niçin yaşadığının, kim olduğunun ve taşıdığı değerlerin ne anlama geldiğinin anlatılmasıyla sönebilecek.

Düşünün! Öldükten sonra dirileceğine ve yaptıklarının hesabını vereceğine inanan bir insan, topluma zarar verebilir mi? Gayrimeşru yollarda hayatını tüketir mi? Gençliğini zehirlemek için onları bir ticaret metaı olarak kullanabilir mi? Devletine isyan edebilir mi? Milletine ihanette bulunabilir mi?

İnsanı durdurmanın, onu kontrol etmenin, ondan örnek ve güzel davranışlar beklemenin, Allah korkusu ve kulluk şuuru dışında başka bir yolu yoktur. İşte en büyük örnek; okuduğumuz bu mektuptur.

ANKARA'DA AYSEL'İ ARIYORUM

MEKTUBU BÜTÜN aile fertleriyle birlikte değerlendirdik. Mutlaka Aysel için bir şeyler yapmalıydık. Fakat mektupta yalnızca Aysel diye bir isim yazıyordu. Ne tarih ne de yattığı hastane belliydi; ama mektup Ankara'dan atılmıştı. Kız da kanser tedavisi gördüğüne göre onkoloji servisi olan, Ankara'daki bütün hastaneleri taramalıydık.

Hiç vakit kaybetmeden Ankara'ya gittim. Bütün hastaneleri bir bir dolaşmaya başladım. İsmi Aysel, 22 yaşlarında olan bir kanser hastası arıyordum. Tek telaşım ve üzüntüm, geç kalma korkumdu. Çünkü mektup önce, kitaplarımı yayınlayan yayınevine gitmişti. Oradan da bana göndermişlerdi. Yani bir aydan fazla bir gecikme söz konusuydu.

Nihayet büyük bir hastanenin onkoloji servisinde izine rastladık. Maalesef koktuğum başıma gelmişti, geç kalmıştım. Çünkü Aysel, tam Beraat Kandili'nin gecesi rahmetli olmuştu.

Servisteki bir doktor beni tanıdı.

– Siz, Halit Ertuğrul olmasınız dedi. Bizler de kitaplarınızdan istifade ediyoruz.

Bu doktor, mektupta bahsedilen Asistan Bey'di. Beni diğer arkadaşlarıyla da tanıştırdı. Ama benim sabırsızlığımdan duracak hâlim kalmamıştı. Derhâl konuya girdim. Aysel'in bana yazdığı mektuptan bahsettim.

– Biliyorum hocam, dedi Asistan Bey. Çünkü o mektubu ben atmıştım. Neler yazdığını da bazen okudu, bazen de anlattı.

– Son anlarını merak ediyorum, nasıl rahmetli oldu, diye sordum, merakla.

Asistan Bey'in gözleri doldu. Derin derin solumaya başladı.

– Sormayın hocam, dedi, duygu yüklü bir ses tonuyla. Sanki düğüne, bayrama gider gibi müthiş bir ölümdü.

Asistan Bey'in sesi çatallaştı, titredi ve kesildi. Gözyaşları, göz pınarlarından patlamaya, ardından da sızarak yanaklarına doğru inmeye başladı. Allah bizlere de öyle bir ölüm nasip etsin, derken gözyaşları sellere dönmüştü.

Odada, karşılıklı oturduğumuz sandalyelerde gözyaşlarımızı sile sile bir hâl olmuştuk. Bu duygu atmosferi ta hücrelerimize girmiş, bütün dünyamızı hüzün dolu bir iklim kuşatmıştı.

Başıboş, günahlarla dolu, isyan etmiş bir hayatın böylesine bitişi çok ibretli, çok etkili ve çok manidardı. Bu hayat öyküsü, hiçbir kulun ümitsizliğe düşmemesi gerektiği yolundaki İlahî mesajın en çarpıcı örneğiydi.

Asistan Bey'in anlattıklarını, nefesimi tutarak büyük bir heyecan içinde dinliyordum:

– Beraat Kandili'nde sabaha karşı rahmetli oldu. Başında nişanlım Ebrunur Hanım ile rahmetlinin arkadaşı Emine Hanım vardı.

Cenazesi için bütün servis seferber oldu. Cenazesini, Belediye görevlileri defnetti.

Nişanlım, vefat ediş anının tesirinden hâlâ kurtulmuş değil. "Ya Rabb'i! Bana da böyle bir ölüm nasip et" deyip gözyaşı dökmeye devam ediyor.

– Vefat ediş anını dinlemek isterdim, dedim ısrar ederek.

– Biz de zaten size ulaşmanın yollarını arıyorduk. Akşam bizim misafirimiz olun. Nişanlımla Emine Hanım'ı da çağıralım. Hem iftarı birlikte yaparız hem de Aysel'i konuşuruz. Zaten nişanlım ve Emine Hanım da sizleri merak ediyorlar ve görüşmek istiyorlardı. Onlar aynı zamanda kitaplarınızdan çok istifade eden okuyucularınızdır. Birlikte olursak hepimiz memnun kalırız.

Anlaştık.

Akşam, Eminelerde toplanmıştık. Emine'nin babası emekli olmuş, kızımı yalnız bırakmamak için Ankara'ya yerleşmiş. Emine ise Tıp Fakültesi'nde parlak bir geleceği olan zeki bir öğrenci...

Büyük bir kütüphanesi olan, temiz ve tertipli bir odada ağırlandık. Kütüphanenin başköşesini *Risale-i Nur Külliyatı* süslemişti. Benim bütün kitaplarım da raflardaydı.

Emine'nin babasının etkileyici bir kişiliği vardı. Kültürlü, güngörmüş bir insan... Gecenin konusu Aysel'di. Orada bulunan herkes, Aysel'i çok iyi tanıyordu. Emine ve babası, Aysel'in yanlış hayat seyrine engel olmak için çok çırpınmışlardı.

Asistan Bey'le nişanlısı ise Aysel'in son günlerinde yanında yer alıp çok büyük destek vermişler ve moral kaynağı olmuşlardı.

AYSEL BERAAT KANDİLİ'NDE VEFAT EDECEĞİNİ BİLİYORDU

EBRUNUR HANIM, Aysel'in son anını anlatmaya başlayınca odaya hüzün dolu derin bir sessizlik çöktü. Daha ilk kelimede Ebrunur'un boğazına bir şeyler düğümlenmişti. Birkaç kez bu tıkanıklığı öksürükle aşmak istedi, başaramadı. Dudakları acıyla büzüldü, gözlerinden yaşlar boşalmaya başladı. Hemen yanında oturan Emine Hanım da kendini tutamamıştı. Belli ki Aysel'in ölüm ânı çok ibretlerle doluydu.

Asistan Bey, nişanlısını teskin etmeye çalıştı. Odadaki herkes, bu duygu sağanağını aşmaya, kalplerde yükselen his ve heyecan dalgasını bastırmaya çalışıyordu. Bir müddet sonra da Ebrunur Hanım anlatmaya başladı:

– Beraat Kandili'ydi. O gün Emine ile birlikte orucumuzu Aysel'in odasında açmıştık. Çünkü bizi hiçbir yere bırakmadı.

Günlerdir Beraat Kandili'ni bekliyordu. O gece öleceğine o kadar inanmıştı ki bütün hazırlığını Beraat Kandili'nde ölümü üzerine yapmıştı.

Kaç gün önceden bunu söylüyordu. "Ya cuma günü ya da Beraat Kandili'nde..." Cuma günü geçince "Beraat Kandili'nde ömrüm tamamlanacak. Beklediğim misafir o gece gelecek" diyordu. Aysel, tarifsiz bir iman iklimine kavuşmuştu.

Artık o, imanın zirvesindeydi. Her hâliyle, her zerresiyle Allah'a yönelmiş, O'na boyun bükmüş, af diliyordu. Günün her anında imanla, ibadetle meşguldü.

Hele kıldığı namazlar tam bir ibret sahnesiydi. İnanıyorum ki her namazını Kâbe'de kılar olmuştu veya kıldığı yeri "Manevî Kâbe" havasına çeviriyordu. Gözyaşlarıyla, heyecanla, ürpererek namazlarını eda ediyordu.

Kısa zamanda Kur'an okumasını öğrenmişti. Her gün Kur'an, Cevşen, Risale-i Nur okuyor ve bizimle sohbetler yapıyordu. Odasını mescide, medreseye; âdeta ahirete hazırlık okuluna çevirmişti.

Çok zekiydi, çok iyi anlıyordu. Her şeyi soruyor, hiçbir şeyin cevapsız kalmasını istemiyordu.

Yirmi iki yıllık ömründe işlediği günahların "ahı, vah"ı içindeydi. Ben böyle bir pişmanlık, böyle bir samimi tövbe ve böyle bir af heyecanı kimsede hiç görmemiştim.

O ağır ve dayanılmaz hastalığını unutmuştu. Kaşlarının, saçlarının dökülmesi, tetkikten çıkan üzücü sonuçlar, onun umurunda değildi. Aysel'in tek bir amacı vardı artık; ruhunu imanla teslim etmek.

Teni ve siması son günlerde o kadar nurlanmış, masumlaşmıştı ki âdeta melek hâlini almıştı. Çok zaman öylece yüzüne bakar, o nurdan ayrı bir haz alırdım. Düzceli Mehmet'i okuduğu gün çok ağlamıştı.

"Ya Rabbi! Bana da böyle bir son nefes nasip eyle" diye kendini heder etmişti.

Rüyasında birkaç kez annesini, Peygamber'imizi ve Bediüzzaman Hazretleri'ni görmüştü. Bir kısmını bize anlatmıştı; ama bizimle paylaşmadığı daha çok önemli rüyaları vardı. Bediüzzaman Hazretleri, rüyasında "Kızım seni talebeliğime kabul ettim ve dualarıma dâhilsin. Senin bu hastalığın, haram yoldaki geçmiş ömrünü temizleyecek inşallah. Risale-i Nurları, Cevşen'i oku, nazarını İlahî rahmete yönelt. İnşallah kurtulursun" demiş.

Bu rüyayı anlatınca Aysel'in gözleri ışıl ışıl olmuştu. Hele Peygamber'imizi gördüğü rüyanın sabahında, akşama kadar gözyaşları dökmüştü.

Aysel'in bu hâline gıpta ediyorduk, imreniyorduk. Bunlar ne büyük nimetlerdi! Allah'ım! Sanki hasta ve yardıma muhtaç o değil, bizdik. Artık biz ondan dua istemeye başlamıştık.

Son gün yani Beraat Kandili'nde, bütün hazırlığını bitirmişti. Çok bitkindi, çok zor konuşuyordu.

AYSEL'DE "ÖLÜM İYİLEŞMESİ" BAŞLAMIŞTI

EBRUNUR HANIM, anlatmaya devam ediyor, biz de bu ibret tablosunu dinlerken ürperiyorduk.

– Emine Hanım'la birlikte Aysel'de bir değişiklik sezmiştik. Yani artık ölüme an be an yaklaşıyordu.

Halk arasında "ölüm iyileşmesi" olarak bilinen bir durum vardır. Yani hasta ölüm ânına yaklaştıkça bütün ağrılarını, sızısını unutur, rahatlar ve bir anlamda iyileşmiş gibi olur.

İşte Aysel de böyle bir durum ortaya çıktı. Dayanılmaz ağrı ve sızı içindeki Aysel'in bir anda acıları sanki bitti, kendine geldi ve konuşmaya başladı.

Bu arada Emine Hanım söz aldı.

– Ölüm iyileşmesi tıpta da hayret edilen bir konudur, diyerek açıklamada bulundu.

Ölüm iyileşmesi tıp çevrelerinde inkârı mümkün olmayan bir hadisedir. Ölüm ânına yaklaşan insanda özellikle zihinsel fonksiyonlarda beliren güçlenmedir.

Pek çok hastanın ölüme yakın anda birden iyileştiği görülür. Bu olay o kadar sık görülür ki olaya özel bir isim verilmiş, "ölüm iyiliği" denilmiştir. Akciğerleri metastazla dolmuş, nefes alma imkânı kalmamış nice hastaların oksijen altında bile nefes darlığından kıvranırken son anlarını akıl almaz bir şekilde normal teneffüsle kapattıkları çok görülmüştür.

Peki, ölüm iyiliği nedir? Eğer insan maddeden ibaret olsa idi ölüm yaklaştıkça artan fizyopatolojik olaylar, ıstırabı, nefes darlığını arttırmalı, insan ölürken artan bir acının pençesinde son bulmalıydı. Hâlbuki olaylar tam tersini doğruluyor. Yani kötü giden çark son anda düzeliyor, sanki manadan, özel, kısa bir mutlu hayat veriyor. Bu olay, ruhun insan makinesindeki sonsuz gücünü gözler önüne seriyor.

Gerçekte ölüm, tıpkı doğum gibi bir intikaldir. Bu sırrı bize bildirmek için Allah, ölüm iyiliğini yaşatır.

Ölüm anında, ölüm iyiliği dışında, mesela nefes darlığı ve ağrı çekmeyenlerde de bilinçte bir berraklaşma olur. Hafıza, tüm uzak kartlarını bir bir açar. Yeni bir dünyanın eşiğinde, hayatın sanki bir panoraması sergilenir. Bilinç, en seçkin sözlerini verir son nefeslerde. Eğer ölüm insanın sonu olsaydı, biten madde olayından ibaret olsaydı tam tersi olacaktı. Yok olmaya yaklaşan beyin, fonksiyonunu yitirecek; bilinç yavaş yavaş perdelenerek ölüm gelecekti. Bu, gerçekte ruhun varlığını ve ölümün son değil, bir değişim olduğunu ispatlar. Daha önemlisi, ölüme yakın anda insanın gerçeklere daha yakın olma hikmetidir.

Ölüme yakın anda çoğunun yanılgılardan döndüğü, yakınlarına geleceğe dair gerçeklerden söz ettiği çok görülmüştür. İnsanın madde ötesi yanında en büyük hadise önsezidir. Önsezi, hadiseyi olmadan önce fark etme sanatıdır. Bu duygu, hemen hemen herkeste vardır. Ancak bu duygunun maddesel yapımızla izahı mümkün değildir. Çünkü maddesel olaylar zamanla sınırlıdır. Önsezi ise zamanı atlama olayıdır. Önsezi ile falcılık ve medyumluğu karıştırmamak gerekir. Parapsikoloji kitaplarında, zabıtlarla doğrulanmış binlerce olay vardır. Bunlar arasında uçak kazalarını, olmadan önce, olduğu gibi görenler, savaşlarda öleceği anı şekliyle birlikte görenler sayılamayacak kadar çoktur. Hiçbir sağlık problemi yokken öleceği günü haber verenlerin sayısı binlerin üstündedir. Cenab-ı Hak, "ölüm iyiliğiyle" kuluna son hazırlık şansı vermektedir.

Bu tespitler çok harikaydı.

Ebrunur Hanım, Emine Hanım'ın bu açıklamalarının ardından sözünü kaldığı yerden sürdürdü.

– Aysel'in ağrıları dinip kendine gelince bizleri hayrette bırakan gelişmeler de oldu.

"Su getirin abdest alacağım," dedi. "Artık misafirlerim gelecek, onları abdestli karşılamak istiyorum." Yatakta abdest aldı; ama bizimle hiç ilgilenmiyordu. Artık o bir başka dünyanın insanı gibiydi. Bütün bakışları, ilgisi ve hareketi bizim tarafımızdan görülmeyen şeylere yönelmişti.

"Bak, ezan okumaya başladı. Bu benim için okunuyor. Bana, "hazırlan" diye haber veriyorlar."

Tabii biz, ezan falan duymuyorduk; ama Aysel dünya koordinatlarını terk etmiş, mana âlemini yaşamaya başlamıştı. O çok şeyi görüyor, duyuyor, ama biz onun gördüklerini göremiyorduk. Doğruldu, diz çöktü, ellerini dizinin üzerine koyarak büyük bir huşu içinde ezanın bitmesini bekledi.

"Ezan bitti" dedi. "Beni almaya geliyorlar artık."

BENİ ALMAYA ANNEM GELİYOR

BU ANLARI dinlerken biz de gözyaşlarımızı tutamıyorduk. Ebrunur Hanım devam ediyordu:

– Aysel kendi kendine dua etmeye başlamıştı:

"Huzuruna geliyorum Allah'ım! Beni bu hâlimle kabul et. Sana, büyüklüğüne, yüceliğine inandım, iman ettim. Beni Sen yarattın ve tekrar Sana dönüyorum." Birkaç kez:

– Annem gelsin, annem gelsin, diye tekrar etti.

– Kim gelsin, dedim.

– Soruyorlar da dedi. Seni almaya annen mi gelsin, yoksa başkası mı, diye. Ben de annemi istedim, annem gelecek.

Bir an sustu. Gelecek kişiye sanki bütün dikkatlerini vermiş, bekliyordu. O esnada yüzüne vuran pırıltı ve ışıltı bizim de gözümü almaya başlamıştı. Biz hayretler içinde, bu esrarengiz hadiseyle ilgili Emine Hanım'la göz göze gelmiştik.

Aysel Hanım, o esnada yüksek sesle ve müthiş bir huşu içinde;

"Allahu Ekber, Allahu Ekber. La ilahe illallah" diye tekbir getirmiyor ve ardından da şahadetle devam ediyordu.

Bizler âdeta bu manzara karşısında buz kesmiştik. Ben tam bir şoktaydım. Ölüm anındaki bu gelişmeler, sanki imanımı daha da tazeliyordu.

Saat üçe kadar başında Kur'an ve Cevşen okuduk. Kendisi

de okuduklarımızı tekrar etmeye çalışıyordu.

Ben Yasin okuyordum. Emine Hanım da üstünü düzeltiyordu. Tam kıbleye bakan pencerede bir şimşek çakar gibi bir ışık parladı, pencerenin her tarafını aydınlattı. Buna ikimiz de şahidiz. O aydınlık, odada yanan ışığı bastırdı; ama çok ürpertili ve esrarengiz bir ışıktı.

Aysel, o parlayan ışığı görür görmez, doğrulmak için hamle yaptı. Emine Hanım da hemen destek verdi ve doğrulttu.

O esnada Aysel heyecanla kollarını açtı.

– Anne, diye bağırdı. Sen ha! Sen mi geldin beni almaya, anne?

Sanki annesiyle kucaklaşıyor gibi kollarını açtı, ellerini birbirine kavuşturdu. Bir müddet sonra başı Emine Hanım'ın kollarına düştü.

Son kez göz göze geldiğimiz zaman, göz kapakları kapanmak üzereydi. Gözlerinde öylesine huzur dolu bir ışıltı, dudaklarında ise tatlı bir tebessüm vardı. Bu son bakış, dayanılmaz çilelere ve günahlara bir veda, ebedî huzura ise bir "merhaba"ydı.

Son nefesi ise:

"Allah-u Ekber, Allah-u Ekber" olmuştu.

Uzattık, yatağına... Çilelerle, ıstırapla, hastalıklarla örülmüş, gencecik bir ömür noktalanmıştı.

Azrail (a.s.) en sevdiği insan olan annesi şeklinde tecelli etmişti. Ondaki o müthiş iman öylesine büyük, öylesine coşkulu ve öylesine tarif edilmez yücelikteydi ki inanıyorum, bütün günahlarını temizledi, patladı. Allah'ın annesinden yeni doğmuş gibi affedilmiş bir şekilde gitti.

İmanlı ölümün gerçek yüzüne şahit olmuştuk.

Ya biz, ya biz ne olacağız?

Ebrunur Hanım, heyecan içinde titriyordu. Son cümlesi öylesine etkili, öylesine yakıcı çıkmıştı ki odadaki herkesin yeniden göz pınarları coşmuş yürekleri ayağa kaldırmıştı.

Bu cümleyi biz, siz, herkes ve bütün insanlık her gün yüzlerce kez kendine sormalıydı.

Ya biz ne olacağız?

Bizlere yüzlerce kez gözyaşı döktüren Aysel Hanım'ın hayatında önemli dersler vardı. Aklı başında her insan bu dersleri çok iyi okumalıydı. Çünkü imanı kazanmak ve imanla gitmekten daha büyük bir kazanç ve daha büyük bir servet yoktu.

Bunun için yarın geç olabilirdi.

Ruhu şad olsun.

KİTABI OKUYANLARDAN BAZI GÖRÜŞLER

Her gün onlarca gelen mektup e-mail ve mesajdan birkaç tanesini okurlarımla paylaşmak isterim:

"Nasıl teşekkür edeceğimi bilemiyorum hocam. Bu mesajı yazarken ellerim titriyor. Ben Viyana'da yaşayan gözü yaşlı bir anneyim. Ergenlik çağının çılgınlığı içindeki kızımla ne savaşlar veriyordum yıllardır. Öyle çaresizdim ki anlatamam. Rabb'im, gözü yaşlı bu günahkâr annenin dualarını kabul etti nihayet. Kızımın karşısına Aysel ismindeki kitabınızı çıkardı. Allah'ıma şükür, abdestli ve namazlı şimdi. Bu kitabı Almancaya çevirin de buradaki yabancılar da okusun. Her namazımda dualar ediyorum size."

Kardeşiniz Fatma

"Halit Bey, Ben Türkî Cumhuriyetlerde iş yapan, orta hâlli bir iş adamıyım. Yıllarca maneviyat ikliminden uzak kaldım. Türkî Cumhuriyetlere gittiğimde, gençlerin elinde sizin kitaplarınızı gördüm. Herkes sitayişle bu kitaplardan bahsediyordu. Kızımın adı Aysel olduğu için Aysel ismindeki kitabınızı aldım önce. Uçakta Türkiye'ye gelene kadar kitabı bitirdim. Allah'ım o ne duygu tufanıydı! Atmış yaşındaki bir insanın, bir çocuk gibi ağlaması, görülmüş müdür. Ellerinize, yüreğinize sağlık. İnançlı birisiydim ben, ama Aysel beni daha da ateşledi. Hamdolsun artık Yüce Mevla'nın kapısını her gün çalıyorum.

"Hocam, kitaplarınızı bütün yabancı dillere çevirmenin yolunu bulmalıyız. Çünkü ele aldığınız konular bütün dünya toplumlarını ilgilendiriyor; hatta bunların filmleri de çekilmeli. Size bu konuda nasıl yardımcı olabilirim? Emrinizi bekliyorum. Saygı ve hürmetler..."

Av. Sedat

"Ben Belçika'da yaşayan Yozgatlı Kübra... Yaşım 19. Hayatın kötü tuzakları beni de intiharın eşiğine getirmişti. Hayatıma son vermenin hazırlığını yaparken uzak bir akrabanın Türkiye'den bana gönderdiği Aysel kitabıyla karşılaştım. Şu Allah'ın işine bakın ki son anda elime geçen bu kitap sayesinde kurtuldum ben.

"Anneler, babalar, eğitimciler, yöneticiler ve tüm gençler. Ne olursunuz bu kitabı okuyun ve okutturun. İnanın ki hayatın acımasızlığı içinde ölüme koşan binlerce Kübra'yı kurtaracaksınız.

"Size bir can borcum var hocam. Ellerinizden öperim."

Kızınız Kübra